JN092522

5

[著] ありぽん
[イラスト] 高瀬コウ

CHARACTERS
登場人物紹介
チェルシー
ジュエリーフィッシュと
いう魚の魔獣。
ひょんなことから、
ジョーディと友達になる。
ニッカ
元はジョーディを
攫った組織の一員。
改心して
マカリスター家に
仕えることになった。
ジョーディ
日本から異世界の
侯爵家に転生した、
女神の加護を持つ少年。
前世の分まで
元気いっぱい。

ドラック＆ドラッホ
Aランク魔獣である
ダークウルフと
ホワイトキャットの子供。
ジョーディに懐いている。
ラディス
ジョーディの父で
マカリスター侯爵家の
当主。騎士団を
率いている。
マイケル
ジョーディの兄。
面倒見が良く、
4歳下の弟を大事に
している。
ルリエット
ジョーディの母。
いつもは
にこやかだが、たまに
暴走することも。

プロローグ

僕の名前はジョーディ。ジョーディ・マカリスター。女神のセレナさんの力で、日本から異世界の侯爵家に転生した一歳の子供です。

僕達は、魔獣さんの具合を悪くする『黒いもやもや』について調べるために、パパのお兄さんのクレインおじさんの家に行くことになりました。でも、僕はまだ子供だから、もやもやはパパ達に任せて、クレインおじさんの家でお留守番です。

そうしてクレインおじさんの家で遊んでいたら、その黒いもやもやが家の中にまで入り込んできて、僕はさらわれちゃいました。黒い服を着たおじさん達に、ベアストーレっていう名前の森の奥まで連れて行かれたんだ。

あのね、ロストって人が、悪いことをするためにもやもやを操っていたみたいで、僕は凄く嫌な気持ちになりました。

最初はとても怖かったけど、でも、ニッカっていうお兄さんのおかげで少し安心できました。

ニッカも怖そうな黒い服を着ている人の仲間なんだけど、本当は全然怖くないの。

絵本を読んでくれたり、ボール遊びをしてくれたりして楽しかったです。

しかも、僕が黒いもやもやに呑み込まれそうになった時、助けようとしてくれたんだよ。

それから、僕のことを心配したパパと、魔獣園からはグリフォンのグッシーが、森からはペガサスさんが駆け付けてくれて、みんなで黒いもやもやを消しました。

それで黒服の人達をパパ達がこらしめて、僕達は無事、クレインおじさんのお屋敷に帰ることができたんだけど。

……ニッカはどうしてるのかなぁ。黒服を着ていた人達はパパとじぃじがどこか別の場所に連れて行っていたような……

でもニッカは悪者じゃないもんね。

きっとすぐに会えるよね。

1章　クレインおじさんのお屋敷でお片付け！

私――ラディスは、森から帰ってきたジョーディ達が完全に寝たのを確かめると、使用人のレスターやブラックパンサーのローリー、ダークウルフのドラックパパに後を任せ、クレイン兄さんの家を出た。

そして妻のルリエットと共に、サイラス父さんの元へと向かう。

黒服の連中の仲間だったニッカに話を聞くためだ。

移動中、私は昨夜のことを思い出す。

ジョーディは寝る間際、久しぶりにルリエットに絵本を読んでもらっていた。

その絵本は、ニッカから貰った物で、街へ戻ってくる最中も、ずっと彼に読んでもらっていた物だ。

それなのに飽きることなくこの絵本を読んでくれとルリエットに頼んでいたということは、余程気に入っているのだろう。

初めはいつも通りニコニコと聞いていたのだが、絵本が終わりかけになって、ジョーディ達――

一緒に聞いていた魔獣達も――が珍しく口を挟んだ。

「しゅぱっ、ちょっ!!」

『うん、ここはこうだったよね』

『戦ってる時の、バンッとか、シュッて音が、本物だったんだな』

ジョーディ、ダークウルフのドラック、サウキーのミルクが言うことには、どうやらニッカはかなり読み聞かせが上手らしい。もちろんルリエットも絵本を読むことが上手く、今までジョーディ達はルリエットに絵本を読んでもらっている時が一番喜んでいたのだが……今回は違った。

読み聞かせを始めると、ここが違った、あそこはジョーディママの方が上手など、ドラックやミルクが、ルリエットとニッカを比べ出したのだ。

その様子を見て、私は思わずため息をつく。そんな私に、ルリエットが不思議そうな顔をしながら話しかけてきた。

「あなた、ジョーディ達は何を言っているの？　ニッカって、お義父様の手紙に書いてあった、黒服連中の仲間だった奴よね？」

普通は仕事から戻る時に、そこまで詳しい内容の手紙を送ることはしない。しかし、今回はジョーディが『悪の化身』を復活させるための生贄に捧げられそうになるという大事件だったので、ジョーディを救い出した後、父さんがルリエットに報告の手紙を送っていたのだ。

ニッカのことは一応、『ニッカという黒服達の仲間を連れて帰り、取り調べをする』ということだけ書いていたため、ルリエットは名前だけ知っている状態だった。

昨夜はそんなことがあったので、父さん達の元へ向かう途中、私はニッカについて、ルリエットに次のように話した。

ジョーディ、それにドラック達の話によると、ジョーディが連れ去られてから、ずっとニッカと、兄さんの家の使用人で奴らの仲間だったコリンズがジョーディ達の側にいたようだ。が、ほとんどニッカが世話をしているようなものだったのだろう。帰ってくる時のニッカの様子から、かなりジョーディ達のことを気にかけていたことが分かった。

実際ご飯を食べさせる時の、準備と食べさせ方はとても丁寧だった。さっとハンカチを胸に着け、零さないようにお椀を支えてやり、もしジョーディが食べづらそうにしていれば、しっかり食べられるように、ニッカが自ら食べさせる。そして顔が汚れれば、用意しておいた濡れタオルで、ジョーディ達の顔を拭く。

最初その光景を見た時、思わずじっと見てしまった。それは父さんも同じだった。だが、ジョーディ達はそれに慣れた様子で、なんの文句も言わずに食事をしていた。

さらに、ニッカの手際の良さは他にも見られた。

トイレに行く時、素早く洋服を脱がせ、着替えさせていた。休憩の時に、ジョーディ達がその辺をフラフラしていると、どこかへ行ってしまわないようにしっかりと目を光らせていた。また、怪我をするような、そう、棘のあるような植物や、尖った石がある場所に近づけさせないように、常に側でジョーディ達を見ていてくれたのだ。

私が最も驚いたのは、ボールと絵本を前にしたジョーディ達の態度だ。

兄さんの家に戻る馬車の中で、ジョーディ達はニッカから貰ったという小さなボールでずっと遊んでいたのだ。

また、馬車を止めて休憩している時、私が絵本を読んでやろうとすると、私は完璧に無視された。今まではそんなことは考えられなかったのに。なのに、ジョーディ達は真っ直ぐニッカの所へ行き、絵本を読んでくれと頼んでいたのだ。

あのボールと絵本は、ニッカが自分の弟、クイン君に買った物だったらしい。黒服達に捕まった不安の中にいたジョーディ達を、静かに馬車に乗せておくために、ジョーディにあげたのだと、そうニッカは言っていたが……

そしてジョーディが私ではなく、ニッカを絵本を読む人物に指名した時の、あのなんとも言えない感覚。

私だってちゃんと読めているだろう。もちろんルリエットには敵わないが、それでも今までずっと、マイケルを育てている時から読んできたんだぞ。

私がそうブツブツ文句を言うと、

「あなた、話がそれてるわよ」

と、ルリエットが笑いながら言ってきた。

いや、笑い事ではない。ニッカの話から、騙されて『悪の化身』の復活に手を貸していたことは分っているが――そうは言っても、敵側にいた、少ししか一緒にいない奴に、私の読み聞かせが負けるだなんて。

「まぁ、今のところ、あなたの話からはそのニッカという人に、ジョーディ達が懐いてるっていうのは分かったわ。それとジョーディ達がニッカと再会するのを心待ちにしているということも。また、ニッカの弟、クイン君の病気を治そうと考えていることもね」

「ニッカは犯罪の重要参考人だ。今は臨時ギルドの独房に捕らえられていて、そう簡単に外には出せないだろうし、場合によっては二度と出てこられない場合もある。それだけのことに関わったのだ」

無論、彼がどこまで、どのように関わっていたのか次第だ。私としては、ジョーディに悲しい思いはさせたくないが、こればかりは判決を待つしかない。

「でも、重い病気だっていうニッカの弟のクイン君のことは心配ね。治せるのなら治してあげたいけれど。ニッカには住んでいた街の話も聞かないといけなそうね。そこにいる組織に対しては私が対応することになるかもしれないし。もしかしたらニッカが道を踏み外す原因を作った奴らが、まだ街を我が物顔で仕切っている可能性があるもの」

そんな話をしながら、私達は、父さんとニッカがいる建物に着いた。

黒い靄の影響で暴れた魔獣によって、冒険者ギルドは破壊されてしまっていたが、地下の独房は無事で、今はその上に小さい二階建ての家屋を急いで建て、見張りを置き、中にいた犯罪者に逃げられないようにしているらしい。街に入る前にルリエットにそう聞いた。

他の建物を建てるのも大事だが、犯罪者を逃がすわけにはいかないからな。優先順位をつけて、この建物と、臨時のギルドとを同時進行で建てたようだ。

中に入ると、騎士が挨拶をしてきて、父さんがいる部屋へと案内される。

父さんは尋問の準備を終えていた。

ようやく街に帰ってきたが、休めるのは当分先だろう。私達の長い夜はこれからだ。

＊＊＊＊＊＊＊

「ま〜ま……、ぱ〜ぱ……、ヒック、うえっ」

僕が泣いていると、ガチャッて音がして、部屋に誰かが入ってきました。

「ジョーディ、どうしたの」

使用人のベルに抱っこされていた僕は床に下ろしてもらって、部屋に入ってきたママの方に高速ハイハイします。ママが僕を抱き上げてくれました。

どうしたのって……起きたら僕はクレインおじさんの家のベッドで寝ていて、ママもパパもいないんだもん。だから、ママ達がいなくなっちゃったと思ったんだ。寝てる間に、あの黒服達にママ達が連れて行かれちゃったかもとか、僕達だけまた連れて行かれちゃったってのかな思って、不安になりました。

それで気づいたら涙がぽろぽろ溢れてきたの。僕が泣き出したら、一緒に寝ていたお兄ちゃんがすぐに気づいて、レスターとベルを連れてきてくれました。それからいつの間にか窓の外でグッシーとビッキーが飛んでて、僕に大丈夫だぞって教えてくれました。

みんないた、よかったって安心したんだけど、やっぱりパパ達はいません。それで寂しくて、涙が止まらなくなっちゃいました。でも、ママが部屋に来てくれたから、もう安心です。

「ほら、ママ帰ってきたわ。パパはまだお仕事してるから、今は帰ってこれないけれど、でも朝のご飯までには帰ってくるわ」

仕事？　今、夜中だよね。パパは夜中なのに仕事してるの？

それから、僕はずっとママに抱っこされてました。そうしたらいつの間にかまた寝ちゃってて、次に起きたら窓からは明るい光が見えて、朝になっていました。

ママの言った通り、パパは朝のご飯がお部屋に運ばれてくるちょっと前に帰ってきたらしいです。だから僕は朝のご飯を、パパのお膝の上で食べることにしました。何かやっとホッとしたって感じです。朝ごはんを食べ終わったら、僕はとっても元気になったよ。

ご飯を食べ終わったら、グッシー達とのお友達契約のお話です！　僕がさらわれちゃってて、したくても、できていなかったからね。あのね、魔獣さん達とお友達契約をすると、今よりももっと仲良くなれるんだ。グッシーとはまだ契約できてないから、早くそのお話をしないとね。

パパとママ、それに魔獣のみんなと一緒に、お庭にあるグッシー達がいる小屋にゾロゾロ歩いて行きます。

小屋に行くまでに、お庭には壊れた物がいっぱい落ちてました。この家が黒いもやもやに襲われた時の物です。玄関の方にある壊れた物は集め終わったんだけど、裏口の方はこれからなんだって。でもみんなが少しでも通れるようにって、細い道が出来てました。

あっ、でもね、グッシー達の小屋の周りはとっても綺麗になってて、広場みたいになってたよ。これならグッシー達もゆっくりできるね。それから、グッシー達の小屋の中には、小さい魔獣が集まってて、一緒に小屋の中でお休みしてました。あとでグッシー達とのお友達契約が終わったら、あの子達とも一緒に遊べるかな？

小屋に着いて気づいたことは他にもあります。それは小屋の周りはとってもいい匂いってこと。小屋の向こうのお庭の方から、どんどんいい匂いがしてくるんだ。

『街の人間に配るご飯を作っているらしい。もう少ししたら、ジョーディ達の昼のご飯を作り始めると言っていたぞ』

そうグッシーが教えてくれました。お家が壊されちゃった時、ご飯を作るところも壊されちゃったから、お庭でご飯を作っているらしいです。それにしても、こんなにいい匂いがするんだね。僕、朝ごはんを食べたばかりなのに、お腹が空いてきちゃったよ。何を作ってるのかな？　ちょっと見てみたいな。

僕がそう思ってたら、ダークウルフのドラックとホワイトキャットのドラッホが、いい匂いがするって言ってフラフラ歩いて行っちゃいました。でも……うん、僕もちょっとだけ見てみよう！　僕はドラック達についていきます。

グッシー、ビッキー、ちょっと待っててね。すぐに戻ってきて、契約のお話をするから。

そう言おうと思って、歩きながら振り向いたら、グッシー達が僕達の後ろを付いてきてました。

『骨の余りでも貰えないだろうか？　それに付いてる肉だけでも欲しいのだが』

『どうだろうな。確かダシ？とかいう物を取ると言って、いつも鍋で茹でているぞ。アレをやられると、まったく肉が残らん』

『そうなのか？　少しもか？』

そう、グッシーとビッキーが話してました。ああ、グッシー達も行くんだね。うん、じゃあみんなで行こう。みんなでゾロゾロ歩いて、お庭の向こうへ向かいます。

少し歩いたら草で出来た壁がありました。ここの草の壁は壊されてなかったんだね。お庭には時々草で出来た壁があります。お花も咲いたりするし。背の高い草の壁から、お兄ちゃんの背くらいの、ちょっと小さい壁まで、色んな壁があるんだ。今目の前にある草の壁は、とっても大きくて、グッシー達よりも背が高いです。

草の壁の向こう側からモクモクと煙（けむり）が上がっているのが見えました。それから人の声もします。いい匂いがどんどん強くなります。先を歩いていたママがこっちよって言いました。少し先の、壁が途切れてる所から向こう側に行くみたい。そっちに歩き始めようとした時、僕は草の壁に丸い穴が空いてるのに気づきました。

何あれ？　どうして草の壁に穴が空いてるの？　そう思ってたら、グッシーとビッキーが、そのまま前に進んで、ポスッて穴に顔を入れたんだ。そしたら向こう側から、

「まだ肉は解体している途中だぞ。こっちは昨日のご飯の残りを、作り直してるだけだ。ちょっと待っててくれ」

って声が聞こえました。僕と魔獣のみんなは、その声が気になって急いで反対側に行きます。反対側には、ご飯を作る道具がたくさん置いてありました。それから、大きな石の中で、火がぼうぼう燃えてます。ママがアレは窯（かま）だって教えてくれたよ。

後はちょっと向こうの机の上に、お野菜、キノコのお山が出来てて、またまたその隣（となり）には魔獣さんのお肉のお山があります。そのお肉を大きなナイフで切っている人達がいて、他にも忙しそうな人がいっぱいいました。

『ジョーディ、こっち』

ドラッホが僕を連れて、草の壁のそばを歩いて行きます。それで窯の近くを通ると、大きな男の人がいました。

「おはようございます、坊っちゃん」

その人に、大きな声で挨拶されたから、僕も挨拶をします。

「ちゃっ!!」

「彼らなら、そこから覗いてますよ。火に気を付けてくださいね」

覗く？　誰が？　僕はおじさんの邪魔しないように、気を付けてその横を通り過ぎました。

『ジョーディ来たか』

『そこの果物を貰えるか聞いてくれ』

そしたら目の前にいたのは、草の壁から顔だけを出してる、グッシーとビッキーでした。さっき首を突っ込んでたのは、この穴だったんだ。

草の壁の穴から顔を出すグッシー達は、なんだかお家に飾ってある魔獣の頭に似ています。僕のお家にはトカゲさんの頭、じぃじのお家にはドラゴンさんの頭、それからクレインおじさんのお家には大きな角が付いてるウシさんみたいな魔獣の頭が飾ってあるの。それにそっくりです。

どれもとっても珍しくて、とっても強い魔獣さんなんだけど、パパやママがやっつけたらしいです。せっかく珍しい魔獣をやっつけたからって、ギルドに持って行くとか、ご飯にして食べちゃわないで、記念に壁にくっ付けて飾ってるんだ。

今のグッシー達はその飾りみたい。顔だけ草の壁から出してるんだもん。僕はなんだか笑っちゃいました。ドラック達も面白いって笑ってます。

『笑っていないで、そこの果物を貰えるか聞いてくれ』

ビッキーがそう言いました。果物？　ビッキーが見ているのは、さっき僕達に挨拶してくれた男の人の横。そこには、小さなカゴに入ってる果物がありました。

ていうか、ビッキー達、ドラッホパパに魔法をかけてもらって、お話が通じるようにしてもらってるんでしょう？　なら自分でお願いすればいいのに。

僕はそう思いながらも、おじさんに聞いてみました。

「くちゃ、しゃい!!」

「え？　どうされましたか、坊っちゃん」

おじさんは、僕の言葉が分からないみたい。ドラック達が代わりに聞いてくれます。でも、ドラック達がお話ししても、おじさんには通じなかったんだ。あれ？　なんでだろう？　僕の言葉が分からなくても、ドラック達なら話せるはずなのに。

その時ドラックパパが『しまった』って言いました。その後すぐに、周りにいるみんなに、言葉が分かるようになる魔法を使ってくれました。

『今夜ぐらいが魔法が切れる頃だとは思っていたんだが、朝になって魔法をかけるのを忘れていた。

大体この頃、ジョーディ達とは普通に話していたからな。話すのに慣れていて、つい魔法を使うのを忘れてしまった』

『お前もか。俺もこの前魔法を使うのを忘れてな。一回使えば数日そのままだから、つい忘れてしまう』

確かに最近僕は、ドラックパパ達とも魔法なしでお話しできるようになってきていました。それで、ドラッホパパとドラックパパが魔法を使うのを忘れていたせいで、みんなの言葉が分からなかったみたい。ビッキー達もどうりでおかしいと思ったって言ってました。昨日まではおじさんと話せていたのに、急に言葉が伝わらなくなったから、朝は果物を貰えなかったって言ってます。

言葉が分かるようになったおじさんに、グッシー達はすぐに果物をお願いします。おじさんはしょうがないなって言って、ポイッ、ポイッて、果物を一つずつグッシー達の顔に向かって投げました。

グッシー達はお口を開けて待っていて、そこに果物が入ると、ちょっとモグモグした後、ゴックンって呑み込んでたよ。食べ終わったと思ったらまた口を開けて、次の果物を待ってます。

おじさんはまたかって言いながら、グッシー達の方に、もう一つずつ果物を投げて、その後僕達にも果物を一つずつくれました。ママに、ありがとうって言いなさいって言われて、みんなでおじさんにありがとうした後グッシー達を見たら……

「あなた達、いい加減にしなさい！　さぁ、ジョーディ、みんなも戻りますよ。お仕事の邪魔しちゃダメよ」

グッシー達はまた口を開けて待ってたんだ。だからママに怒られてました。

そうだよ、もう二つも貰ったでしょう。おじさん達はみんなのご飯を作ってるんだから、そんなに貰っちゃダメだよ。

頭だけのグッシー達、怒られてちょっとしょんぼりです。

みんなで果物を持ったまま、壁の向こう側に戻ります。戻ったらグッシー達は草の壁からもう出てて、しょんぼりしたまま小屋の方に戻っていきました。その後、僕達が遅れて小屋に着いたら、僕達の貰った果物をじっと見てきたの。

僕は果物を後ろに隠してグッシー達にダメって言います。グッシーはそれを見ていたママとパパに、また怒られてました。

いい匂いでお腹が空く感じがしたけど、朝ご飯を食べたばっかりなので、貰った果物はすぐには食べられません。果物はベルに渡して、お昼のデザートに出してもらうことにしました。

今度は果物を持って行くベルをじっと見るグッシー達。

もう！　どうしてそんなに食べたいの？　しょうがないな、あとで僕の果物、ひと口だけあげるよ。僕のひと口は、僕の小指くらいだけどね。

グッシーとビッキーはまだチラチラとベルが帰っていった方を見つめています。でも、お兄ちゃんが契約のお話をしようって言ったら、グッシー達はバッてこっちを向いて、いよいよかって言って目をキラキラさせています。さっきまでしょんぼりしてたのに、凄く元気になったよ。

『我はもう名前を貰っているからな。「グッシー」、最高ではないか』

『俺もだ。「ビッキー」、いい名前だ。さぁ、さっさと契約してしまおう』

グッシー達が興奮してそう言ったら、パパがちょっと待てってって止めます。まずは話をしたいって言いました。

「ごたごたしていて確認していなかったが、本当に魔獣園の人達には、話をして出てきたんだろうな。もし黙って出てきたのなら、今頃向こうは大変なことになっているぞ」

『ふん、そんなことするわけがなかろう？　これでもずっとあそこで暮らしてきたんだ。世話になった恩もある。勝手に出てくるなどということはしない。そうだよな、グッシー？』

『当然だ。そういえば、手紙とやらを預かっていたな。ジョーディ達のことがあって、すっかり忘れていた。落としてないといいが』

そう言ってグッシーが羽をバサバサします。こう、小さく何回もバサバサって感じ。そしたらポロって、グッシーの体から何か小さくて薄い物が落ちました。

『ああ、あったあった。落としていなかったな。魔獣園で我の面倒を見ていた人間から渡された物だ』

「……なんでそういう大事な物のことを忘れるんだ」

パパがため息をつきながら手紙を拾って、中身を広げて読み始めました。それをすぐに読み終わると、ママになんて書いてあったか言います。

『後のことは任せます、それから、新しい家族としてよろしくお願いします』と書いてあった。というか、挨拶はそれくらいで、あとはグッシー達の好きな食べ物とか、寝床のワラの具合とかが書いてある」

そうだ！　後で何が好きか聞こう。それでグッシーとビッキーに、来てくれてありがとうのお礼をしよう！

パパが手紙を読み終わると、グッシー達は……さぁ、早く契約するぞって、鼻をフンフン鳴らして準備万端って感じです。ちょっと待って、あの契約の魔法の使い方を思い出すから。それから魔力を溜めなくちゃ。僕だけで魔力を溜められなかったら、ローリー達に手伝ってもらわなくちゃいけないからね。

まずは、あの契約する時に必要なあの魔法の模様を思い出そう。セレナさんが『マホウジン』って呼んでたやつです。僕はみんなと契約した時のことを思い浮かべます。この前ミルクと契約した時は、セレナさんに手伝ってもらわなくてもできたから、今日もできると思うんだ。

えっとこっちにお星さまのマークがあって、あっちには三角とマルでしょう。後はそっちが四角で……うん、模様は大丈夫そう。そう思っていたら、隣にいたお兄ちゃんが、

「僕、準備できた!!」

って言いました。それからビッキーのことを呼びます。

僕とグッシーとの契約は、お兄ちゃんの契約を見てからにしよう。邪魔をしちゃうといけないから、僕はちょっとお兄ちゃんから離れます。

お兄ちゃんの前に立つビッキー。ビッキーが頭を下げて、お兄ちゃんがビッキーの顔を両手で触りました。そしたらお兄ちゃんとビッキーの下に、『マホウジン』が出てきて、ポワッて光り始めます。

「ビッキー、僕と契約してください！」

『ピギャアァァァ!!』

ビッキーが大きな声で鳴きました。

模様がパアァァアァッて光ってお兄ちゃん達を包みます。光が消えたら、今までよりもつやつやで、お顔もキリッとした感じがするビッキーがいました。

契約するとみんなちょっとだけ変わるよね。可愛くなったり、カッコよくなったり、羽がふわっとなったり。ビッキーはカッコよくなったよ。

ビッキーが自分の羽と、それから体、その後お兄ちゃんを見て、ニヤッてカッコつけて笑いました。ちょっと変なお顔です。カッコいいんだから、そんな顔しなくてもいいのに。なんかカッコ悪くなっちゃったよ。

『これで正式にマイケルと契約成立だ。マイケル、よろしく頼むな』

「ビッキー、よろしくお願いします！」

さぁ、次は僕達の番です。お兄ちゃんの契約の模様を見たから、さっき自分で思い出そうとした時よりも、しっかり模様を思い出せました。だから次は魔力を溜めます。魔力が溜まると、胸の所があったかくなるんだ。……あれ？

前は僕が魔力を溜めても、すぐにはあったかくならなかったのに、今日はもう体中ポカポカです。それをドラックにパパ達へ伝えてもらったら、パパが、なんだかまた魔力が強くなってきてないか？って言って嫌そうな顔をしました。グッシーはさすがだって、僕のことをとっても褒めてたけど。

まっ、いっか。これで準備は完璧だもんね。

「ちー！　くにょお‼」

『よし、契約だ‼』

お兄ちゃんの時みたいに、僕の前に立って頭を下げてくれるグッシー。でも僕は小さいから、グッシーのお顔に上手に手を伸ばせなくて。そしたらグッシーがお座りして、もっと僕の近くになるように頭を下げてくれました。グッシーありがとう。

僕がグッシーの顔を触って撫でたら、僕達の下に契約の模様が出ました。

「ちー！　やく、くちゃい」

『グギャアアアアアア‼』

ビッキーの時みたいに鳴くグッシー。僕とグッシーのことを、綺麗な白い光が包みました。ん？

いつもこんな綺麗な光だったっけ？　なんかいつもと違うことばっかりだね。

そんなことを思ってたら、すぐに光が消えて、僕の目の前には、お顔がキリッとしたグッシーがお座りしてました。

「きちゃ！」

『ああ、契約できたぞ。ありがとうジョーディ、我と契約してくれて。これからもよろしく頼む』

うん、これからもずっと一緒だよ。

契約ができて、僕はニコニコ、グッシーもニコニコです。でも僕はニコニコするのをすぐにやめて、グッシーに立ってって言いました。ビッキーはお羽もつやつやになったのに、グッシーはキリッとしただけ？

グッシーがどうしたって言いながら立ち上がります。

「にょおぉぉぉ!!」

立ち上がったグッシーを見て僕は思わず大声を出しました。グッシーの羽は前から真っ白だったけど、今は少しキラキラしてます。太陽の光でキラキラに見えるんだよ。

僕、地球にいた時に、雪が太陽の光でキラキラ光ってるのをテレビで見たことがあります。今のグッシーの羽はそれと一緒です。

僕はグッシーの綺麗な羽をちょっと撫で撫でします。それでまた叫んじゃったよ。だってグッシーのふわふわでモコモコの羽が、もっとふわふわのモコモコになってたんだ。とっても気持ち

いい！

みんなも近づいてきて撫でながら、気持ちいいって言い合ってます。ママは高級な絨毯みたいねって言ってました。ママ、グッシーのこと踏まないでね。

その時お兄ちゃんが、あって言いました。それから僕達を呼んだので、すぐにビッキーのしっぽの近くにいるお兄ちゃんの所に行きます。

「ほら見て。ビッキーのしっぽ、シャキンッ！　ってなってる」

そう言われてしっぽを見る僕達。あっ！　ほんとだ!!　ビッキーのしっぽがとっても尖ってて、触ると痛そうな感じになっていました。

ビッキーがどれどれ、威力を試してみるかって言って、さっきの料理を作ってるおじさんの所に飛んでいきます。少しして、一匹の魔獣さんのお肉を持って戻ってきました。そのお肉にしっぽを刺すと、ビッキーのしっぽはグサッて簡単に貫通しました。凄い！　僕達はみんなで拍手します。

次に、ビッキーが今度はこれだなって言って、落ちてた太い木の棒にしっぽで攻撃しました。そしたら、しゅぱって綺麗に棒が切れて二つになりました。それをまた攻撃して、最後はとっても細かくなっちゃった。僕達はまた拍手します。

契約して色々なことが変わったグッシー達。みんなニコニコ、ママもニコニコです。パパだけガックリしてました。契約は完璧、これでみんなお友達になれました。とってもニコニコの僕は、ニッカのことを思い出します。

ニッカ、早く戻ってきてね。ちゃんとごめんなさいすれば、パパもじぃじ達も許してくれるよ。パパ達はとっても優しいから。でもお仕置きはあるかもだけど……

ニッカが戻ってきたら、カッコよくなったグッシー達を見せたいな。これを見たらきっとニッカもカッコいいって思うはず。その後はクイン君にもグッシー達を見せてあげたいな。

見せたい物もやりたいこともいっぱい。だから早く戻ってきてね。


*****

俺――ニッカの住んでいるアルビートという街に、ロスト様とコリンズがやってきたのは、今から一年程前だった。彼らは黒い服を着ていて、少し目立っていたが、街のみんなはそこまで気にすることなく、俺達家族も、毎日同じ生活を送っていた。

俺の家族は全部で四人。爺ちゃんと婆ちゃんと、弟のクイン、それから俺だ。両親はクインが生まれてすぐ、冒険者の仕事をしていて事故に遭い死んでしまった。だからそれからは爺ちゃんと婆ちゃんが、俺達の面倒を見てくれている。

俺の一日は、朝早くに起き、小さくてボロい自分の家の掃除をするところから始まる。それから俺の冒険者の仕事が上手くいけば、具がたくさん入っている朝ご飯のスープを作り、ダメな時は、具がジャガイモだけのスープを作る。

それが終わったら、爺ちゃんと婆ちゃんを起こし、爺ちゃんはご飯の後、体の調子がよければ、俺と一緒に冒険者の仕事をする。といっても爺ちゃんは魔法が苦手なので、狩りではなく、森の入口周辺や、街の近くの原っぱで、薬草採りをしている。昔は少し剣が使えたみたいだけど、狩りに失敗して以来、思うように足が動かなくなってしまったのだ。

婆ちゃんは目が悪いながらも、時々ご近所の人に頼まれた針仕事をしていた。ただ、これに関しては近所の奴らも俺達同様に、金がない奴ばかりだから、そんなに稼げる訳じゃない。しかも、ときどき報酬が野菜だったりする。

爺ちゃん達がご飯を食べている間には、俺は弟クインの部屋に、ご飯を持って向かう。部屋に入るといつもクインは起きていて、横向きに寝ながら、震える手で絵本を見ている。これはいつもの光景だ。体調が悪いなら、大人しく寝ていてくれていいのに。

クインは原因不明の病気に罹っていた。

クインがそうなったのはロスト様達が街に来るさらに一年程前のことだ。弟はいつものように、外で元気に遊びながら、俺が冒険者の仕事から帰ってくるのを待っていた。その日は大物を仕留めることができ、報酬がたんまり貰えたから、たくさん食べ物を買って帰り、夜は久しぶりのご馳走を作った。

また次の日は街のお祭りだったので、俺達も仕事を休みにしてお祭りを楽しんだ。クインは普段街にいない魔獣達と遊べ、とても楽しそうにしていた。

そんな風に俺の冒険者仕事が上手くいって、クインもお祭りを楽しみ、いいことが続いていた次の日。クインは熱を出した。

最初はただの風邪だと思った。食材もたくさん買ったばっかりだったから、クインに早く元気になってもらおうと、栄養のあるご飯を作って食べさせたのだが、それから一向にクインの熱は下がらなかった。

一日経ち、二日経ち、一週間経ち……何日経っても熱は下がらず、ついにクインはベッドから起きられなくなってしまった。時々下がる日もあるけれど、すぐにまた熱を出し寝込む。それの繰り返しで、どんどんクインは弱っていった。

料金は高いが命には代えられないと、なんとかお金を工面して、治癒師を呼ぶことにした。治癒師とは、魔法を使って病気を治す人々のことだ。しかし、せっかく呼んだ治癒師から返ってきた言葉は、原因不明の病というものだった。

俺が呼んだ治癒師には、かなり高いお金を払ったのだが、それでも街では最低の部類に分けられる治癒師で、自分にはこんな病の知識はないし、治す力もないと言われてしまった。

もしかしたら、貴族などを相手にしている、上級の治癒師だったら治せるかもしれない。そいつはそれだけ言い、簡単な、とりあえず熱を下げる治癒魔法だけを使い、さっさと帰ってしまった。

上級の治癒師。俺達にそんなものを頼めるわけがなかった。この街の上級の治癒師は、貴族にしか治療をしてくれない。俺にはその辺の詳しい話は分からないが、上級の治癒師は貴族と関わりを持つことで、この街の政策にも口を出しているとか。

もし俺達がそんな治癒師に治療を頼もうとすれば、高額な治療費を吹っ掛けられ、結局大した治療もしてもらえず終わってしまうだろう。

教会にも治癒師は所属しているのだが、この荒んだ街では、本来だったら無償で受けられる治療でも金を取られてしまう。どっちにしても、俺達のような貧乏な家の奴らは、治療を受けることができなかった。


そんなどうしようもない状況で、なんの病気かも分からないまま、それでも薬を買おうと、今まで以上に冒険者活動をしている時に、俺は森でロスト様に声をかけられた。俺の使える闇魔法に興味があると言って、自分達の組織に入らないかと勧誘をしてきたんだ。

胡散臭いと思い、最初は断った。しかしそれから何度も、ロスト様は俺に会いに来た。そしてある日、突然弟の話をされた。病気に罹っているだろう？　と。なぜ知っているんだと警戒する俺に、ロスト様は、自分だったらクインの病気を治せると言ってきたのだ。

病気が治せると聞き、一瞬魅かれたが、すぐに考え直しまた警戒する。どうせ高い金を吹っ掛けられるだけだと思ったからだ。

しかしロスト様は無料でクインを診てやると言って、無理やり俺の家に来ると、その頃二週間熱が続いていたクインの熱を下げた。しかも、ずっと寝込んでいたクインが、ベッドから起き上がれるようになった。そんなことはあの治癒師にもできなかったのに。

驚きで動けない俺に、ロスト様はこう言った。

「残念だが、一回では完治しない病だ。それにお前が一生働いても届かないくらいの治療費がかかるだろう」

そんなに大変な病気だったなんて。愕然とする俺に、言葉を続けるロスト様。

「どうだ？　お前が俺達の組織に入り、その力を使うというのなら、俺が定期的に弟の治療をしてやろう。そうすれば金はかからないし、弟は助かるぞ」

その言葉にまた驚きながらも、確かに元気になった弟を見て、俺はロスト様達の話を詳しく聞くことにした。

ロスト様達は、俺達のような貧しい人間のために、よりよい世界を目指して働いていると言っていた。金ばかり取り、私利私欲のために力を使うような者達を排除し、全ての人間が平等にとはいかないが、それでも皆が幸せに暮らせるような、そんな世界を目指していると。

それは正しいことだ。国王様や、この街の貴族はダメだが、他の街の貴族の中には市民のために動いてくれる貴族もいるらしい。そういったみんなを指導する人は必要だ。

俺はその話を聞き、ロスト様とその計画に魅かれ、組織に入ることにした。それからはロスト様と、他の同じ志を持った奴らと活動していた。ロスト様は約束通り、定期的にクインを治療してくれ、もしクインが具合が悪いと言えば、すぐに駆け付けてくれる。そんな生活を送った。

それを、おかしいと思い始めたのは、あの儀式の準備を始めてからだった。

俺たちが生み出した黒い靄の影響で魔獣が暴走し、市民に犠牲者が出ているのに、志のためには致し方ないことと強弁する。そんな、今までにないロスト様を見て、次第に疑念が募っていった。

あれだけ憧れていたロスト様なのに、日に日に不安だけが増えていった。

そしてあの森で、俺は全てを知ることになる。それが俺の身に起きた、ここ二年程の出来事だった。

＊＊＊＊＊＊

グッシー達と契約してから三日して、森でお仕事をしていたクレインおじさん達が街に帰ってきました。それは僕達がちょうど、街に出ていた時でした。そこは本当ならお店がいっぱいあったはずで、もやもやのせいで壊されてしまった場所。それを見たクレインおじさんが、思っていたよりも酷いなって言いました。

でも、僕達が帰ってきた時よりも、街の中はとっても綺麗になったんだよ。新しい家とかお店とかも作り始めてるしね。

それに、この前グッシー達と契約してから、グッシー達もとっても凄かったんだよ。街を片付けるママのお手伝いをずっとしてたんだ。ちょっと疲れちゃったって言って、今日はお休みしてるけど。

この前契約した時、グッシーは羽の他にも強くなった所がありました。ビッキーは、しっぽの攻撃が強くなったでしょう。グッシーの方は、爪を使った攻撃が強くなったのが分かったんだ。

契約した後、僕がグッシーと庭で遊びたいって言ったら、パパもママもダメって言いました。グッシー達の小屋の周りは、二匹が動きやすいようにゴミを片付けたけど、でもその周りにはまだまだゴミがいっぱい残っています。だから僕達が遊んでて怪我するといけないから、ダメって言われたんだ。

そしたらグッシーがね、小屋の周りにあったゴミの片付けを始めました。

最初はビッキーがしっぽで木を刺して遠くに飛ばして、グッシーは口で咥えて運んでました。そのうち、グッシーが面倒臭いって思ったのか、咥えるだけじゃなくて、足で蹴飛ばしてゴミをどかそうとしたら……

シュッ、パシィィィッ!!

そんな音がするくらい、思いきり木を蹴飛ばしたグッシー。勢いよく木が飛びました。飛んだんだけど……飛んだとたん、木は粉々のボロボロになっちゃったんだ。

グッシーもビッキーも、パパ達もみんな動きを止めて、ボロボロになった木のゴミを見ています。そのボロボロになった木を見に行くと、木は凄く細かくなってて、手で持ってみたらふわふわでした。

『おいグッシー、これはどういうことだ。蹴りの威力が上がってるじゃないか』

『ああ、我も驚いた。今までもまぁまぁ蹴りには自信があったが、こんなことは初めてだ。もしかしてジョーディと契約したからか？　お前の尾と一緒で、我は蹴りの威力が上がったのかもしれない』

『そうかもしれないな。それにしても、俺とグッシーがいれば、片付けが早く進むんじゃないか？』

そんなお話をしてたグッシーとビッキー。その時僕と一緒に木のふわふわを触ってたママが、グッシー達の所に凄い勢いで駆け寄りました。

「グッシー！　実験よ!!」

ママはとてもニコニコしています。あまりにも凄い勢いだったから、グッシー達がちょっと後ろに下がっちゃったよ。それから二匹とも嫌そうな顔をしました。パパはまた何か考えたなって、ため息をついてます。

それからのグッシー達は大変でした。どのくらいの力で木を蹴ると、どのくらいふわふわモコモコな木が出来るのか。それを調べるため、グッシーはずっとママに実験をさせられてました。そのせいで木がどんどんなくなるから、ビッキーはどんどん木を運ばされたの。

　でもそのおかげで小屋の周りがとっても綺麗になったから、僕達はベルに頼んでおままごとの道具を持ってきてもらって、グッシーが蹴って作った木のふわふわモコモコで遊びました。モコモコをお皿に盛りつけて、みんなで食べるふりをしたよ。

　せっかく契約したんだし、本当はグッシー達と遊びたかったんだけど……ママったら全然グッシー達のこと離してくれないんだもん。でも、ふわふわモコモコで遊ぶのも楽しかったなあ。

　お昼になって、ちょっとお仕事に行ってたパパが戻ってきて、やっと木を蹴るのは終わり。グッシーとビッキーは少し疲れてました。小屋に入って行くと、すぐに伏せしてお休みです。

　僕達の前は、色んな細かさの木がいっぱいです。硬い木から、フワフワすぎて少しの風で飛んで行っちゃう物まで、色んな種類があります。

「で、ルリエット。こんなにグッシーに木屑を作ってもらって、何を考えているんだ？」

　パパがママにそう尋ねます。

「ソファーやベッド、毛布にクッション、綿は色々な物に使われているわ。でも、この街のそういったお店や、材料を溜めていた小屋は、今回の事件で破壊されて使えなくなってしまっているでしょう。だからグッシーが作ってくれた物をそれの代わりにできないかと思ったのよ」

「そうか！　今は綿が不足していて、硬い地面でそのまま寝ている住民たちが大勢いるからな」

「そうよ。だから、小屋や休む場所を先に建てて、そこでこれを使って、布団を作ってもらえれば」

「ここには木がいっぱいある。再利用できる物は建物に、できない物はグッシーに、布団などの材料に変えてもらおう」

それからグッシーとビッキーは、毎日とっても大忙しでした。ビッキーが家を建てる木とモコモコにする木に分けて運んで、それをグッシーがふわふわモコモコにします。強くなったグッシー達のおかげで、どんどん街の中が綺麗になっていったんだ。

だからクレインおじさんが帰ってきた時には、街の中のゴミはほとんど片付いてたの。新しい家も少し出来たんだよ。

「まぁ、私の家は、住民の住居と店を建て直して、落ち着いてからでいいだろう。半分でも家が残っていてくれてよかった」

自分の家を見ながらそう言ったクレインおじさん。困った顔して笑ってました。

僕達はママに、グッシーが作ってくれたモコモコを、クッションにしてもらったんだ。僕のクッションはサウキーの形をしてる可愛いクッションです。魔獣のみんなは自分の形のクッションを作ってもらってました。帰る時にはちゃんと持って帰らなきゃ。

それからニッカが帰ってきても使えるように、ニッカの分も作ってもらったの。ニッカのクッションは特別に、僕の洋服に付いているサウキーのマークと同じものを付けてもらいました。ニッカ、喜ぶといいなぁ。

＊＊＊＊＊＊＊

クレインおじさん達がベアストーレの森から帰ってきて、パパとじぃじはそれまでもとっても忙しかったけど、もっと忙しくなりました。クレインおじさん達があの悪い黒服さん達を連れてきたから忙しくなったんだ。

パパ達はその黒服さん達からお話を聞かなくちゃいけません。『ジンモン』ってお仕事なんだって。帰ってきても倒れっぱなしの黒服さん達もいたけど、なんとか話せる黒服さんたちもいて、パパ達は毎日夜遅くまで、『ジンモン』してました。

パパ達が黒服さんへの『ジンモン』を始めて少しして、鳥の魔獣のスーがじぃじのお手紙を、この前僕の誕生日会の時に会った王様、えっと、アルバート・ホスキンス王様に届けに行きました。スーはスプレイドっていう鳥の魔獣で、とっても速く飛べるんだ。スーが、そのお手紙は黒服さん達のことが書いてある手紙だって言ってたよ。

スーが手紙を届けに行って、パパ達はやっと少しゆっくりできるらしいです。でもきっとスーが帰ってきたらまた忙しくなるって言ってました。パパにニッカは元気?って聞いたら元気って言ってました。よかった！

それから他にも色々あったよ。街の中の壊されてもう住めないお家を全部壊して、新しいお家に作り替えてました。まだまだ作らなくちゃいけないけど、他の街から大工さん達が来てくれて、パパやクレインおじさんが思ってたよりも、早く家が直っているらしいです。クレインおじさんの家は、この前言っていたように街の家が全部直ってから作り直すみたい。

あと、森からは大きな石の魔獣のグエタ達も後始末を終えて帰ってきました。グエタはとっても元気で怪我もしてなかったよ。グエタのお仕事仲間で冒険者のクローさんも一緒です。でもちょっと残念なこともあって、グエタとクローさんは、少しだけゆっくりしたら、別の街に行っちゃったんだ。

今僕がいる街の近くの街や村はもう大丈夫だけど、他の街がボロボロかもしれないから、それを確かめに行くって、先に行っちゃったんだ。僕達が住んでいるフローティーまで一緒に帰れると思ってたから、僕達がっかりです。でも少しして落ち着いたら、フローティーに遊びに来てくれるって、約束してくれました。

スーが王様の所に行ってどのくらい経ったかな？　たぶん一週間くらい？　僕達がパパやじぃじとお昼ごはんを食べてる時に、スーが帰ってきました。

『ただいま!!』

「すー、りぃ!!」

『スーお帰り!!』

『悪い魔獣に会わなかった？』

ドラックとドラッホがそう言ってスーを迎えます。

スーが持っていた手紙を、じぃじに投げました。投げた手紙はじぃじの顔に当たってベタッて張り付きます。

スーはそのまま僕の頭の上に乗ってきて、あ～疲れたって言いました。お疲れ様、スー。

「スー、手紙は投げんでくれんかのう」

『だって、いつもの手紙よりも重かったんだもん。ちゃんと渡したからいいでしょう？』

じぃじが手紙を顔から離して、顔をすりすり。それから封筒を開けて手紙を読み始めました。うん、いつもよりも手紙が分厚いです。王様はそんなにいっぱい何を書いただろう？

じぃじは手紙を読んでいる途中でしまって、パパとクレインおじさんに行くぞって声を掛けました。それですぐに三人は部屋から出て行っちゃいました。

やっとパパと一緒にいられる時間が増えたのに……早く自分の家に帰って、パパとずっと遊びたいな。

＊＊＊＊＊＊

父さんと一緒に部屋から出た私――ラディスは、手紙の内容を確認するため父さんに質問をした。

「それで父さん、手紙にはなんて？」

「組織の幹部だった者達は、アースカリナに連れてこいと。アルバート自ら尋問したいらしい」

「国王陛下自ら？」

「ああ、今回の事件は、はるか昔に封印されたはずの、あの『悪の化身』が関わっているからな。完全体ではなかったとはいえ、少しの間復活したことは間違いないからのう。それと、ジョーディやグッシー達に、改めてお礼がしたいそうじゃ」

　父さんが受け取った分厚い手紙の前半には、今父さんが話してくれた内容が書かれていて、後半には、アースカリナへ連行する者達の名前が書かれているらしい。また、それ以外の者達に関してだが……陛下自ら、または直属の部下が尋問する必要のない者達に関しては、こちらで刑を確定しろというお達しがあったということだ。その刑についても手紙に細かく書いてあるらしい。

　組織の幹部、また、それに近い者達に関しては、これからまだまだ尋問の必要があるが、ニッカのように、本当の目的を知らされておらず、騙されて下っ端の仕事をさせられていた者達に、これ以上尋問しても仕方ないだろう。

　軽く内容を確認した父さんによると、手紙の中にはニッカの名前もあったようだ。

「これからアースカリナへ送る者と、そうでない者を分け、アースカリナへ送る者は新しく建てられた、臨時冒険者ギルドの牢へ入れろ。そうでない者達はさっさと刑を執行し、その分の見張りをギルドの方へ向かわせよ」

「分かった」

「ラディス、お前にはこれを渡しておく」

父さんが手紙を二枚、分厚い手紙の中から抜き取って、私に渡してきた。

「アルバートから特別にニッカについて、あやつの刑のことが書かれておる。それを見て、お前があやつをどうするか決めろと」

私は手紙を受け取ると、牢へ向かいながらそれを確認した。そこには私がうすうす考えていた内容が書かれており……

＊＊＊＊＊＊＊

森での儀式が無事に食い止められた後、俺――ニッカはあの子供ジョーディの祖父にミリーヘンという街に連行され、急ごしらえの冒険者ギルドにある地下牢に入れられた。

そして今俺は牢から出され、取調室（とりしらべしつ）のような部屋で椅子（いす）に座らされていた。机を挟んだ向かいにはジョーディの父親と母親が立っている。どうも俺の刑が決まったようで、それを言いに来たらしい。思っていたよりも早く決まったな――これから刑が執行されるならば、もうジョーディに会うことはないか。

俺は刑を聞く前に、ジョーディの今を聞いておくことにした。

「どうだ、あいつは、ちゃんと寝られているか？」

「まぁな、この頃はぐっすり眠れている」

「そうか、ならいいが。俺の弟は怖いことがあると、夜中によく起きていたからな」

俺の弟クインは、まだ病気で寝込む前、絵本や、何か生活の中で怖いことがあると――例えばイタズラをして、祖父母に思いきり怒られた時など――夜中に怖い夢を見てよく起きていた。

俺達がジョーディや魔獣達に怖い思いをさせてしまったから、夜寝られていないんじゃないかと心配していたが、どうやら眠れているようで安心した。

最後にもう一度会って、俺達を止めてくれたこと、俺を心配してくれたこと、クインの病気を治そうとしてくれたこと――その全てにお礼を言いたかったが、こればかりは仕方ない。

クインや祖父母には悪いことをした。もう会いに行き、謝ることはできないが、どうかクインには残りの人生を楽しんでもらいたい。ロスト――もう『様』を付けるようなことはしない――の治療で少しは寿命が延びたはずだ。祖父母にも親孝行をしたかったが、本当に申し訳ない。

俺は椅子に座る姿勢を正し、刑を聞く準備をする。ジョーディの母親がジョーディの父親の持っていた紙を受け取りそれに目を通す。素早く読み終えたジョーディの母親は、

「やっぱりね」

とだけ聞こえるように言うと、あとはジョーディの父親に耳打ちする。話を聞いたジョーディの父親は肩をすくめ、軽く頷いていた。それからジョーディの父親とジョーディの母親も椅子に座っ

た。一体どんな刑が書かれているのか。一番よくて奴隷落ちだろうか？　まぁ、おそらく死刑だろうが。

「まず、私から刑を言い渡す前に話があるわ。あなたの住んでいる街は、アルビートで間違いないわね」

そうジョーディの母親が俺に尋ねてきたので、俺は手短に返事をする。

「ああ、間違いない」

「あなたが知っているか分からないけれど、あの黒服の組織に連れてこられた人達のうち、アルビート出身の貧しい人はあなただけというわけではなかったの。それでね、アルビートの悪い貴族や、治癒師たちが属している組織を、私達が調査して潰すことになったわ」

は？　潰す？　何を言っているんだ？

「市民を守るはずの貴族が、『悪の化身』の復活を目論む組織と手を組んであなた達を苦しめていたせいで、今回これだけの被害を生み、さらに最悪の状況を作り出すところだった」

ジョーディの父親が言うことには、国王陛下も、今回のことは見過ごせないと、すでに動いているというのだ。その中のメンバーにジョーディの母親も入っていて、俺の街へ行き、他のメンバーと合流して、貴族共を潰しに行くらしい。

ジョーディの所にグッシーと呼ばれていたグリフォンがいたが、それ以外にもグリフォンがいるようで、俺の話が終わったらすぐに、ジョーディの母親はそのグリフォンに乗って、俺の街へ行くそうだ。

　ジョーディの母親は、あいつら悪い貴族の悲鳴を聞くのが楽しみだと言って、ニコニコ笑っていた。しかしその目は笑っておらず……

　だが、それも数秒、すぐに表情を戻すと、俺に謝ってきたのだ。

「私達と同じ貴族が、あなた達市民にした仕打ち、代わりに謝らせてもらうわ。本当にごめんなさいね。今までも、調べてはいたの。でもあいつらは証拠を隠すのも、破棄するのも上手くてね。でも、私達がもっと早く、あの貴族たちを止めていればこんなことには……」

　貴族が俺のような人間に謝るなんて驚きだ。俺達の街にいる貴族はいつも威張り散らし、俺たちが何かの拍子に近づけば、殴り飛ばすような連中ばかりだった。

　考えてみれば、森にいた数日、ジョーディの父親達はそんな態度を一度も取らなかった。この臨時ギルドに来てもそうだ。俺の話をきちんと聞いてくれていた。もちろんしでかしたことに対しては、それ相応に言われたが。

　こんな貴族もいるのかと……俺の街の貴族もこういう人ばかりだったらと、今更ながらに思ってしまった。

「でも必ず、あいつらを捕まえ、潰して、地獄を見せると約束するわ。大体あいつらがそんなことをしなければジョーディは……」

　何か不穏な言葉が聞こえたが、聞こえなかったことにしよう。父親が若干汗をかきながら、

「そろそろいいか」

と聞けばジョーディの母親は、

「あら、ごめんなさいね」

と困った顔をして笑って静かになった。

「ゴホンッ。よし、じゃあ、これから本題に入る。まぁ、今の話も重要だったが。お前の刑が決まった」

俺は再び姿勢を正した。そしてしっかりとジョーディの父親の目を見る。

「陛下がお前や、お前と同じような事情であの組織に入り、あいつらのやろうとしていたことを知らないまま働かされていた者達に恩情をかけた。よって最高刑の死刑にはならない」

そうか、死刑にはならないのか。ならばやはり奴隷落ちか。

「お前にはこれからある所で働いてもらう。また、それは一生だ。お前の全てを捧げ、その場所で一生働き、一生を終えることになる」

なるほど、人が寄り付かないような、過酷な場所に労働力として送られ、そこで一生を過ごすのか。

「ちなみに今回の刑は、陛下がお決めになった、かなり特別な刑となっている。陛下に感謝するんだな」

一体どんな刑だ？

「お前の刑を言い渡す。お前はこれより私の家に仕えよ」

＊＊＊＊＊＊＊

パパとママとじぃじが、王様からお手紙を貰ってお仕事に行った日、僕達が寝るまでに三人は帰ってきませんでした。ベルに聞いたら、とっても大切なお仕事をしてるから帰ってこれないって言ってました。あの手紙、そんなに大切なことが書いてあったのかな？　いつもの手紙よりも分厚かったもんね。

パパ達が帰ってこなくても、その日は夜途中で起きて泣きませんでした。あっ、起きたんだけどね、お兄ちゃんが大丈夫だよって、頭を撫でてくれたの。それからグッシー達も、窓の外から光の魔法とかで、周りを明るくしてくれて。だから泣かなかったんだよ。

ドラック達も最初、僕にボールで遊ぶ？　とか、シャボンで遊ぶ？　とか、色々言ってくれました。けど、そのうち自分達が遊び始めちゃって、ベルに夜中なんだから静かにしなさいって怒られてたんだ。

それで次の日の朝。僕達はパパ達が帰ってこないまま、自分達だけで朝ご飯を食べた後、グッシー達と遊ぼうと思って、小屋に行きました。でもグッシー達は小屋にはいなくて、小屋の前にはいつもみたいに、今朝食べたばかりの魔獣の骨がドンッて置いてあるだけ。それなのに、少し遠くの、あの草の壁の穴から、また果物を貰っていました。

「ビッキー、そんなに食べたら今よりも大きくなって、カッコ悪くなっちゃうよ」

お兄ちゃんがビッキーに文句を言います。

『大丈夫だ。これくらいともない。そうだろう、グッシー？』

『ああ、これくらいで変わることなどない』

「ちょの、めっ」

グッシーもだよ。せっかく綺麗でカッコいいグッシーが、まん丸のグッシーになっちゃったら嫌だよ。

僕とお兄ちゃんがグッシー達に注意してたら、土人形のポッケが『いいこと考えた、太らないように、僕達がもっと遊んであげればいいんだよ』って言いました。

『こんなのどうかな？　僕達を背中に乗せて、グルグル競争するの。家の外に出ちゃうと怒られちゃうから、壁の近くすれすれをね。もう庭にゴミはないから、きっと走っても大丈夫だよ。後は……』

ポッケが遊び方について続けます。

『後はね、僕達を背中に乗せたまま、体を前に倒して戻してを繰り返すの。それから僕達を咥えて、首を下げて上げてを繰り返したりするのもいいかも。同じようなことを、冒険者さん達も騎士さん達も、時々お庭でやってるんだ。それをやればいいよ』

うん、それがいいよ。みんなが頷いてグッシー達の方を見ます。お兄ちゃんは料理人さんとお話ししてるベルの所に、競争してもいいか聞きに行きました。グッシー達はせっかくゆっくりしてるのにって怒ってたけど、毎日こんなに食べてたら絶対太っちゃうもん。そんなのダメだよ。

ベルがお庭のうち、左側半分だったら競争してもいいって言いました。右側半分には、家の材料や、片付けた物が色々置いてあって、それから料理人さん達がご飯作ってるからダメって。だから左側半分で、競争することにしました。

「グッシー様、ビッキー様、先に準備運動をされてから方がよろしいのではないでしょうか？」

ベルがそう注意してくれました。あっ、そうだね。運動する時は準備運動からって、地球にいた時にテレビで見たことあるよ。怪我をしないように準備運動するんだよね。

僕はグッシーの前に行って、背中を向けました。まずは僕を咥えて首の運動から。あっ、ドラック達も一緒に咥えてもいいよ。

グッシーは嫌な顔したまま、僕を咥えてノロノロと首の運動を始めました。ビッキーもお兄ちゃんを咥えます。

『おいグッシー、お前の方が軽くないか？』

『何を言っている、自分の主を咥えているだけだ』

ヒョイヒョイ首の運動をするグッシー。僕はお兄ちゃんより軽いんだから、やっぱりドラック達も咥えた方がいいんじゃない？　そう思ってたらグッシーはすぐに終わりにしちゃったんだ。もういいだろうって。まだ二十回くらいしかしてないよ？

じゃあ次は、僕達を背中に乗せて運動ね。僕は一人だと落ちちゃうかもしれないから、ベルと一緒に乗ります。今度はドラック達も一緒に、半分に分かれてそれぞれの背中に乗っかりました。

そしたらドラックパパ達がニヤニヤしながらやって来ました。オレ達も一緒の方がいいんじゃないかって言って、グッシー達の背中に前足を置くと、少しだけ体重を乗せます。

『なんで、お前達まで乗るんだ』

『運動なのだろう？　ジョーディだけでは、お前達には軽すぎる。さっきの運動を見ていてそう思っただけだ』

「ちゃいの！　ふん!!」

『分かった分かった。やればいいのだろう？　はぁ』

グッシーがため息をつきながら、ビッキーと動こうとした時でした。後ろの方からパパの声が聞こえました。

「ジョーディ、マイケル、みんなも一体何をしているんだ？」

「ぱ〜ぱ、ちーちぇ」

『グッシー、後ろ向いて』

『今度は後ろか、分かった分かった』

グッシーが体ごと振り返ります。振り返ったらちょっと向こうの方にパパがいました。変な顔して僕達の方を見てます。それからすぐに僕達の所に来て、

「何をしているか知らないが、今はやめて付いてきなさい」

って言いました。パパ、これはグッシー達の運動だよ。でも、言われた通り、僕達はそのままグッシーに乗ってパパに付いて行きます。玄関に行ったら、ママとじぃじが立ってました。ん？　ママ達の側に誰かいる？　誰だろう。

じぃじは体が大きいから、側に立ってる人が誰なのか隠れてて見えません。だから僕達は玄関のちょっと前でグッシーから下ります。ママに抱きつこうと思って高速ハイハイしようとしたら、パパが僕の洋服の首のところを掴んで止めました。

「今日から私達のために働く者を連れてきたんだ。さぁ、挨拶を」

働く者？　使用人さん？　それともメイドさん？　じぃじの後ろにいて見えなかった人が前に出てきます。出てきたのは……僕は思わず叫びました。

「ににゃ!!」

僕はママの方じゃなくて、じぃじの後ろから出てきた人の方に、高速ハイハイで移動します。それでその人の前まで行くと、その足にしがみ付きました。後ろからドラック達も駆け寄ってきます。

「ににゃ！」

『お話終わったの？　とっても長いお話だったね』

『遅いよ！』

『遅いなの！』

『ずっと待ってたんだな！』

じぃじの後ろから出てきたのはニッカでした。ずっとお話があるからって、会えなかったニッカ。ここにいるってことは、もうお話は終わったってことだよね。それにパパ達のお仕置きも終わったんでしょう？　じゃあ今日からまた遊べるね。

僕ね、ニッカのこと、『ににゃ』って言うことにしてたんだ。この前みんなでお話しして決めたの。お兄ちゃんのことは『にー』でしょう？　ニッカのこともこの前は『にー』とかなんとなく呼んでたけど、それだとお兄ちゃんと一緒になっちゃいます。

これからニッカと遊ぶ時に、お兄ちゃんも一緒にいて、もしニッカを呼んだら？　一緒の『にー』だと、お兄ちゃん達が困っちゃいます。きっと二人とも返事しちゃうよね。

だからどうしようって、みんなでお話し合いしたんだ。僕が『にー』はダメだから、『かー』にしようかって聞いたら、それだとカラルみたいだよってドラックに言われました。

森にカラルっていう鳥がいて、真っ黒なその鳥は、カーカーって鳴くから、ドラック達はいつもカラルのことを『カー』って呼んでいたんだって。それってカラスじゃないの？

カラルの呼び方と一緒になっちゃうから、『かー』って呼ぶのはダメになりました。それによく考えたら、『かー』じゃちょっと変だよね。

それからも色々考えた僕達。『にに』とか、ニッカは黒い魔法——たぶん闇魔法が使えるから、闇の黒色で『くー』とか、『クク』とか。考えたんだけど、みんなあんまりよくないって。

結局、最後は僕がニッカって言えるように、頑張って練習しました。それで今は『ににゃ』まで言えるようになったの。まだ上手に言えないけど、他の呼び方をするよりいいでしょう？

「しょぼ‼」

僕がニッカに遊ぼうって言ったら、パパがまだ遊ばないぞって、ニッカの足に抱きついてた僕を抱き上げました。え〜？　だってお話も、お仕置きも終わったから帰ってきたんでしょう？　僕、遊ぶの楽しみにしてたんだよ。

「まだニッカの挨拶が終わってない。ほらみんなも一度離れなさい」

ぶつぶつ言いながら、ニッカから離れるドラック達。ママもじぃじもニッカから離れて、僕達の後ろに立ちました。ニッカは一人で僕達の前にピシッと立ちます。

あれ？　そういえばニッカの見た目が違ってる。前は少しぼさってした髪型だったのに、今は綺麗に整っていて、さっぱりした感じです。

それから洋服は、黒服さん達と一緒にいた時の、あの黒いやつじゃなくて、今は冒険者さんみたいな。うん、黒い洋服よりも、今の方が似合ってるよ。あの黒い洋服はカッコ悪かったもん。

「マカリスター侯爵家で働くことになったニッカです。よろしくお願いします」

ニッカがそう挨拶しました。働く？　僕達の家で？　じゃあこれからいつでも一緒に遊べるってこと？

そう僕が聞いて、ドラックとドラッホがそれを伝えてくれます。

『ジョーディのお家で働くの？　クイン君の病気は？　僕達、ずっとニッカと遊べるってこと？』

『ボク、ニッカと遊ぶの楽しみにしてたんだ。ジョーディたちから聞いたけど、みんなは帰ってくるまでに、ニッカとたくさん遊んだんでしょう？　それに絵本も読んでもらって！　ボクだけまだだもん。ニッカ、早く遊ぼう！』

そうだ、ドラッホは僕がさらわれている時、クレインおじさんのお家にいたもんね。

うん、ドラッホも一緒に遊んでもらおうね。

またみんなでニッカの所に行こうとします。でもパパが少し待ちなさいって言いました。どういうこと？　だって僕の家で働くんでしょう？　ならいつでも遊べるはずだよね？

「いいか。確かにニッカはこれからずっと私達と一緒にいるが、レスターやベルみたいに、家で働くんだ。お仕事がいっぱいだから、いつでもたくさん遊べるわけじゃないんだぞ」

レスターやベルと一緒？　じゃああんまり遊んでもらえないよ。だってレスター達はいつも仕事で忙しくて、遊べるのはたまにだけです。せっかく家に来てくれるのに。そっかぁ、お仕事ならあんまり遊べないんだ……

いっぱい遊ぼうと思ってたから、僕達はちょっとしょんぼりした気持ちです。でも、仕事なら仕方ないよね。全然遊べないわけじゃないなら、まあいっか。

「ジョーディ、みんなもそんなにがっかりするな。ニッカは訓練や、私達がお願いした仕事をしてる時以外は、いつもジョーディ達といるんだぞ。ジョーディ達を守るのが、ニッカの一番の仕事だからな」

ん？　どういうこと？　一緒にいるのが仕事なの？　でもレスター達と同じなんでしょう？

「あなた、そんな細かく難しいこと言っても、ジョーディにはまだ分からないわよ。詳しいことはその時その時で話せばいいわ。とりあえず……ジョーディ、みんなも、ニッカは私達の家で働くってことよ。それで時々ジョーディ達と遊んでくれるわ。よかったわね」

うん、ママの説明が分かりやすい。お仕事で忙しいけど時々遊べる。それでいいよ。全然遊べないわけじゃないもん。

僕はパパに下に降ろしてもらって、またみんなでニッカの所に行きます。もうすぐ仕事なのかな？　もし仕事が夜までに終わるんだったら、今日はニッカに夜寝る時の絵本を読んでもらいたいな。

それで明日かその次の日は、ニッカとクイン君のお話もしなくちゃ。クイン君の病気が治ったら、僕に初めての人間のお友達が出来るかも。えへへ、楽しみだなぁ。

でもその前に、まず今日は、グッシー達の運動をしないと。もしニッカと遊べるなら、遊んでからグッシー達の運動ね。

＊＊＊＊＊＊＊

ニッカが帰ってきて二日。

「そっちはダメだ」

「ちゃの！」

「あっちもダメだ」

「ぶ〜！」

「怒ってもダメだ。向こうはまだ片付いていないんだ」

僕達のそばにはいつもニッカがいます。パパやママのお仕事、他の人達から頼まれたお仕事がない時は、いつも僕達と一緒です。ニッカのお仕事は僕達のそばにいて、僕達の面倒を見ることなんだって。

帰ってきた日に、ニッカに貰ったボールでドラック達と一緒に遊んでたら、ニッカとママがこんなお話をしてました。


「あなたの仕事はジョーディ達の護衛よ、しっかりね」

「俺がやらなくても、ジョーディ様のそばには強い魔獣がたくさんいるのではないですか？」

「それでもよ。あなたにはあなたの刑が言い渡されたの。それをしっかり全うしなさい。それにあのこと、分かっているわね」

「はい」

僕達がそのお話を聞いていたら、ドラックが護衛って何かなって言いました。絵本に描いてあったけど、確か護衛っていうのは、お姫様を護る人だったような。でも僕達はお姫様じゃないよね。

そんなお話をしてたらドラッホパパが来て、護衛と面倒見ることは一緒だって言いました。

『ローリーはジョーディのことを、護ってくれるだろう？　それから遊んでくれたり。それと同じだ』

本当？　なんか違う気がするけど。

『まぁ、簡単に言えば、ずっとお前のそばにいる、なんでも言うことを聞いてくれる人間ということだ』

僕達はそれを聞いていたから、壊れた壁から見えた綺麗なお花の所に連れて行って、ってニッカに言ったんだ。だけどニッカは全然僕達の言うことを聞いてくれませんでした。

もう！　ドラッホパパの言ったこと、全然違ったよ。僕はプンプン怒りながらグッシーの背中に、ニッカは僕の後ろに乗ります。グッシーとビッキーを運動させるためです。

ニッカが帰ってきた日から、ちゃんとグッシー達は運動を続けています。そうそう、今朝グッシー達の小屋に行ったら、また大きな魔獣の骨がありました。グリフォンって毎日あんなにご飯を食べるの？　だって夜も同じくらい食べてるんだよ。

「ぱちゅ！」

僕がそう言うと、僕を乗せたグッシー達が走り始めました。僕、クイン君と一緒にグッシーに乗るのが楽しみです。昨日パパが、もう少し経ってお家に帰ったら、その後クイン君の病気を治しに行ってくれるってお話ししてくれました。だからクイン君の病気が治って、遊べるようになったら、一緒にグッシーに乗るんだ。その後ろにはニッカが乗って。お空を飛んでもらうのもいいよね。だってクイン君は病気でずっと寝てたから、全然お外に出られなかったと思うんだ。やっとお外に出られるんだから、お空から街を見たり、遠くの山を見たりしてもらいたいな。あと、夕方にお空を飛んでもらったらとっても綺麗だから、クイン君もきっと喜ぶはず。

グッシー達の運動が終わったら、パパとママが僕達を呼びに来ました。

「ニッカはしっかり面倒を見ているじゃないか」

「そうね。まぁ、まだ二日で、どうなるか分からないけれど、ジョーディ達は懐いているから、何とかなるでしょう。さぁ、これからの話をしないと。ビッキーが私のお願いを聞いてくれるといいのだけれど」

僕達っていうか、お兄ちゃんとビッキーのことを呼びに来たみたいです。お話があるんだって。だからみんなで小屋まで行って、料理人さんがくれた果物を食べながら、パパ達のお話を聞きました。

お家に帰ったら、クイン君の所に行くって言ったでしょう？　なんかね、ママはお仕事で僕達よりも早く、クイン君のいる街に行かなくちゃいけないみたいです。えっと、ニッカのお家があるアルビートって街ね。

それで早く行かないといけないから、ビッキーにその街まで連れて行ってほしい、ってお話でした。

「え〜、せっかくビッキーと一緒にいられるようになったのに」

『俺もマイケルと同じ気持ちだ。せっかく一緒にいられるのに、どうして俺だけ先に行かないといけないんだ。ましてや契約主以外を乗せて』

「とっても大切な仕事なのよ。これをしないと、またあの黒服達が現れ、みんなが危険に晒される可能性があるのよ」

あのねぇ、ニッカが悪いことをしちゃったのは、あの黒服の人達、ロストとかコリンズに騙されちゃったからなんだって。あと、ニッカが騙されたのは、アルビートの偉い人達のせいらしいです。

だからその偉い人達が逃げる前に、ママや他の騎士さん達が、捕まえに行かないといけないんだって。アルビートは、フローティーよりこの街から行った方が近くて、でもスプリングホースがどんなに速く走っても、五日くらいかかっちゃうの。だけどグッシーやビッキーに乗って飛んで行ったら、三日くらいで着いちゃいます。

だからママはビッキーに連れて行ってほしいって言いました。

そんな悪い人達がニッカの住んでる街にいるなんて。そのせいでニッカは悪いことをしちゃって、パパ達にお仕置きされちゃったんだよ。その人達もちゃんと捕まえてパパ達にしっかりお仕置きしてもらわないと。

でも……もしビッキーじゃなくてグッシーが連れて行かれたら、ちょっとヤダなぁ。だってせっかく一緒にいられるようになったのに。

それからママ達は、ずっとお兄ちゃんとビッキーとお話し合いをしてました。夜になって、ビッキーが分かったって納得して、お兄ちゃんも悪い人達が逃げるのはダメってなったみたいです。明日の朝、ビッキーとママが、ニッカの街に行くことになりました。

ママ達と先に行くなら、先にビッキーがクイン君の病気を治してくれないかな。だって僕達はお家に帰ってから街に行くでしょう？　その間もクイン君は病気のまんま。早く治せるなら早い方がいいはず。

ビッキーにそう伝えたら、俺はグッシー程病気を治せないんだって言われました。

『俺にはグッシーレベルの回復の力はないからな。治してやれるのは契約したマイケルだけだ』

「ジョーディ、分かっていると思うが、アルビートに行くのは私達の屋敷に帰ってからだからな」

パパがそう言いました。でも、家に帰ったら遠くなっちゃうよ。だってこの街からの方が近いんでしょう？　みんなでブーブー文句言います。

「ジョーディ様、弟は大丈夫だ。後でいい」

「ニッカもこう言っているし、私達家族もかなりフローティーの街を留守にしてしまっているからな。一度帰らなければ」

え～、でも……あっ、そういえば、ニッカが僕のことを呼ぶ時、ジョーディ様って言うようになりました。『様』なんていらないのにね。

僕達が話してたら、いつの間にかじぃじが来ていて、僕のことを抱っこしました。

「なるほど、なかなか難しいことになっておるのう」

じぃじが僕のことを抱いたまま言います。

「ワシに考えがあるんじゃが、フローティーのことはワシとミランダに任せて、お前達はこのままアルビートへ行ったらどうかのう？」

「父さん、そう言ってくれるのは嬉しいけど、父さんだってそろそろリアルストンの家に帰らないとまずいんじゃないか？」

「家については、ワシは長く帰らないことが多いから、珍しいことではない。じゃがそうじゃな……確かに今回は事件が事件だ。いつもよりは心配しておるか……よし、スーに手紙を運んでもらおう。それならばどうじゃ？」

「父さんがそれでいいなら、私はそれでいいけど。それよりも父さん、いつもどれくらい家を空けてるんだ？」

「それは気にするな。ワシは心配なんじゃよ。マイケルやジョーディのように小さい子供が、長い間病気に苦しんでいるなど。しかもそれが我々のような貴族のせいとなれば、早く治してやらなければなるまい」

それからもパパとじぃじは話し合いをして、僕達は家に帰らないで、アルビートに、クイン君の所に行くことになりました。ママは明日からアルビートに行っちゃうけど、僕達ももう少ししたら行きます。あと、クイン君の病気は、パパのヒールでも治せないかもしれないから、グッシーの魔法で治すことになったよ。

このまま行くって決まって、僕達はみんなでやったーって言いました。早くクイン君の所に行きたいなあ。待っててねクイン君。ニッカと一緒に、もうすぐ行くからね。

パパが、決まったからには、早く仕事を終わらせないとって言って、すぐにどこかに行っちゃいました。それからママも、明日から行くから準備しなくちゃって、パパの後ろについて行っちゃったよ。

僕達も準備しなくちゃ。僕はじぃじのシャツを引っ張ります。

「なんじゃ？　どうしたジョーディ」

『クイン君にプレゼントをあげたいんだって』

「にょの、りゅのよぉ」

『サウキーのぬいぐるみあげるって』

「しゃうきー!!」

「おお、そうかそうか。それじゃあ新しく出来たお店に、一緒に見に行くかの」

じぃじが僕を抱っこしたまま歩き始めて、街へ向かいます。そんな僕達の後ろにはドラック達がゾロゾロ付いてきてます。そのさらに後ろには、お兄ちゃんとビッキーが。グッシーは僕の隣にいます。

グッシー達は悪い魔獣を倒してくれたでしょ。それから街を直すのも、いっぱいお手伝いしてくれたでしょ。だから、今、街の人達にグッシー達は大人気なんだ。

でも、他の街ではあんまり自由に歩けないみたいです。魔獣園にいるグリフォンやグッシー達と違って、野生のグリフォンはとっても怖い魔獣なんだ。だから知らない人達がグッシー達を見たら、ビックリしちゃって大変なんだって。こんなにカッコいいのにね。

街に出ると、新しいお家がたくさん出来ていました。みんなが暮らすお家は全部出来ていて、あとはお店を直すだけ。おもちゃ屋さんも二つ、新しいお店が出来ました。一つはおもちゃが売ってるお店で、もう一つはぬいぐるみが売ってるお店みたいです。その二つは並んで建っていました。

お店の前に着いたら、じぃじが、ぬいぐるみだけじゃなくて、小さな乗り物のおもちゃも買おうって言いました。クイン君の病気が治っても、今までずっと寝てたせいで、もしかしたらすぐにたくさん動けないかもしれません。だから、手で持って遊べる小さい乗り物のおもちゃを買うことになりました。

僕達は先におもちゃ屋さんの方に入ったよ。たくさんおもちゃが並んでて、僕達が買いたい乗り物のおもちゃは、お金を払う場所の前にいっぱい置いてありました。

みんなでどれがいいか選びます。せーのでカッコいいと思ったおもちゃを指さしたら、みんな一緒のおもちゃを選びました。それは、青色で、ドラゴンの絵が描いてあるカッコいい馬車のおもちゃです。じぃじがどれどれって、その馬車を手に取ります。でも一つだけじゃなくて、二つ取ったんだ。

「ジョーディ達も今回はたくさん頑張ったから、ご褒美を買ってやろう。クイン君とお揃いじゃ。マイケルも好きな物を選ぶといい」

「じぃじありがとう!!」

「ちゃのお!!」

『『ありがとう!!』』

みんなでありがとうです。クイン君とお揃いで嬉しいなぁ。お兄ちゃんはお店のドアの方に置いてあった、カードみたいなおもちゃを持ってきました。トランプみたいなやつです。どうやって遊ぶのかな？

お店の人に一つずつ包んでもらって、それを持って今度はぬいぐるみのお店に入ります。ぬいぐるみのお店でも、じぃじは僕達に一つずつぬいぐるみを買ってくれました。

えへへ、グリフォンのぬいぐるみを買ってもらったんだ。お兄ちゃんも一緒です。グッシーとビッキーにそっくりなグリフォンのぬいぐるみがあって、二人でそれを選びました。僕もお兄ちゃんもニコニコです。大切なぬいぐるみが増えたよ。

クイン君には水色のサウキーのぬいぐるみを選んで、さっきみたいに包んでもらって、可愛いリボンを付けてもらいました。

じぃじが僕を抱っこしたまま、買った物を全部持って、そのまま家に帰ります。帰りながら僕はどうやって渡そうか考えてました。

どうしようかな？　ママにまた鞄(かばん)を作ってもらおうかな？　ママのお仕事が終わったらどうしたらいいか聞いてみよう！


お買い物した次の日。

僕達は朝起きてすぐ、玄関でママのお見送りです。ママに抱っこしてもらって、ママのことをギュッてして、パパの所に戻りました。

「それじゃああなた、アルビートで待っているわね。マイケルもジョーディも、みんなも言うことを聞いて、大人しくしているのよ」

ママがビッキーに乗って、ビッキーがバサァ!!　羽を広げて少しだけ飛び上がります。

「気を付けてな」

「ママ、頑張って！　ビッキー頑張って!!」

「いちゃ!!」

「それじゃあ、行ってくるわね!!」

ママがそう言うとビッキーが今度は大きく羽を動かして、一気にとっても上の方まで飛び上がりました。
それですぐに見えなくなっちゃった。
僕達がアルビートへ出発したのは、それから五日後でした。

2章　クイン君の病気を治しに行こう!!

僕達がアルビートに行く日は、朝からとっても大忙しでした。まずいつもよりも早く起きて、着替えて、いつもよりも早く朝ごはんを食べます。

その後、レスターやベルは、出発前の確認で、あっちに行ったりそっちに行ったりしてました。パパは、じぃじとクレインおじさんとその友達のオッドおじさんと、出発前の最後のお話し合い。ね、みんなとっても忙しそうでしょう？

僕達も、パパ達の準備が終わってから、とっても忙しくなったよ。僕はサウキーのぬいぐるみが入っている鞄を首にかけて、それから手に、この前じぃじが買ってくれたグッシーのぬいぐるみを持って玄関へ向かいます。

みんなが玄関前に揃ったら、グッシー達の小屋に行きました。

「たぁ！　ちょぼ！」

『うん、また遊ぼうね！』

『ビットと時々遊びに行くからね!!』

『ボクもピットとビットと一緒に行くよ。みんな一緒がいいなあ』

僕達は出発する前に、お花の妖精のピット、ビット、それに闇の精霊のシャーマ君とさようならします。三人は今、僕があげたプレゼントを持っています。昨日ね、慌ててじぃじともう一回おもちゃ屋さんに行ったんだ。

ピット達は僕が持っていた乗り物のおもちゃを気に入ってたでしょう？　だから僕、最初は自分のおもちゃをあげようと思ったんだけど、やっぱり新しい方がいいと思ったの。じぃじにそのことをお話したら、すぐに買いに行ってくれました。

どんなおもちゃが欲しいかピット達に聞いてみたら、ピット達は僕達とお揃いがいいって言ってました。だからクイン君のプレゼントを買った時みたいに、お揃いのおもちゃをじぃじが買ってくれたんだ。

馬車のおもちゃを買ってもらうことにしたんだけど、僕達のとはちょっと形が違う馬車です。いつも家族で乗ってるような馬車の他にも種類がたくさんあって、知らない人達と一緒に乗ったりするのとか、魔獣さんを連れて乗れる専用のとか色々です。

ピット達は魔獣さんが乗れる馬車を選びました。それはピット達が全員ちょうど乗れるくらいの馬車なんだ。色は黄色で、サウキーの絵が描いてあります。ピット達全員が入れるくらいの大きさだから、三人じゃないと持てないんだ。

『遊びに行く時、このおもちゃ持って行くからね』

『そしたらこれで絶対遊ぼうね』

ピット達とお話ししながら小屋の前から、花壇(かだん)まで移動します。ピット達は魔法でお花からお花へ移動できるんだ。ちょっと前に新しく花壇が出来て、そこのお花からピット達は森に帰るんだよ。でも僕はちょっと心配でした。黒いもやもやはなくなったから、もう森に帰っても大丈夫なはずだけど、でもやっぱり心配だよ。

そのことをピット達に言ったら、この前僕達と一緒にロストをやっつけたペガサスのシュー達が、集まってる場所があって、少しの間そこで暮らすんだって教えてくれました。

それなら大丈夫だね。うん、安心！

ピット達がお花の上に乗ります。ピットとビットがポワッて光って、お花も光ります。まずはピットがバイバイして、お花の中に入ります。その時おもちゃの箱の先っぽもお花の中に消えました。その後シャーマ君がバイバイしながらお花に入って、おもちゃは半分とちょっとが中に入ります。最後にビットが残りのプレゼントの端っこの部分と一緒に、バイバイしながら入りました。

僕達はお花の光が消えるまでバイバイしたよ。また遊ぼうね！　お家にはおもちゃが、まだまだいっぱいあるから、楽しいことがいっぱいだよ！

ピット達とバイバイしたら、今度はクレインおじさんとバイバイする番です。玄関の前に戻ったら馬車が来ていて、僕達は順番に馬車に乗りました。グッシーやローリー達は馬車の隣に並びます。

ニッカはグッシーの隣をスプリングホースに乗って移動します。

最後にパパが馬車に乗って、窓を開けました。

「それじゃあ兄さん、父さん、一応落ち着いたとはいえ、まだ何かあるかもしれないから気を付けて」

「ああ、お前もな」

「屋敷のことはワシに任せろ。ワシも後三日もすればフローティーへ向かう」

じぃじはもう少しだけここに残ります。それから僕達の家に行くんだって。パパに抱っこしてもらって、僕とお兄ちゃんは窓からお外を見ます。

「じぃじバイバイ！　クレインおじさんさようなら！　オッドおじさんさようなら！」

「じじ、ババ！　じちゃ、ババ！　おじゃ、ババ！」

「二人とも元気でな、また遊びにおいで」

「屋敷で待っているからのう」

「今度は俺の街にも遊びにくるといい」

バイバイしてたら馬車がガタンッて動き始めました。僕はお兄ちゃんと一緒にブンブン手を振ります。ドラック達はしっぽをフリフリしてました。ポッケはポケットから、ホミュちゃんはじぃじ達の周りを何回か回ってから、僕のポケットの中に戻ってきました。ミルクは一生懸命(いっしょうけんめい)前足を動かしてバイバイします。

じぃじ達が見えなくなるまで手を振ったら、今度は、街の景色を見ながら進みます。家もお店もほとんど直ってて、あともう少しで元通りって感じです。他の街から来てる大工さんは、この街の大工さんだけで大丈夫になるまで、もう少し街にいるんだって。

時々街の人達が、グッシーに手を振ってくれます。あと、途中でレスターが街の人から何か貰ってたんだ。あとで何貰ったか見せてもらおう。だってくれた人、コックさんの格好してたもん。きっと何か美味しい物を貰ったんだよ。

街の壁が見えてきて、近くにいた騎士さんがパパに挨拶します。僕達は窓から離れて、いつも僕が馬車に乗る時に入ってる、木の実のカゴの中に入ります。お兄ちゃんはベルの隣に座りました。そうしているうちに門から馬車が出ます。

ママ、もう悪い人達を捕まえたかな？　ママは強いからすぐに捕まえちゃうよね。それからクイン君は大丈夫かな？　もうすぐ行くからね。待っててね。


クレインおじさんの街を出発して四日目。初めて旅をした時みたいに、僕達の馬車が襲われちゃったりはしないで、どんどん馬車は進んでいきます。今日お泊まりすれば、ニッカの住んでた街、アルビートに到着です。でも……

ずっと馬車に乗りっぱなしだから、僕はとっても飽きてました。初めて馬車に乗った時は、お外を見てるだけで楽しかったし、クレインおじさんの街に行った時は、黒いもやもやのことがあって緊張してる感じだったから、あんまり飽きちゃったって感じはしなかったんだ。

でも今は、安心して馬車に乗ってるからかな？　昨日のお昼ご飯を食べて馬車に乗ったくらいから、とっても飽きてきちゃったんだ。

途中でグッシーに乗せてもらったり、持ってきてたシャボン玉で遊んだり、あとは新しいぬいぐるみやおもちゃで遊んだりしていました。ニッカに絵本も読んでもらったんだよ。でも、全部飽きちゃいました。

僕は今、パパのお膝（ひざ）の上で、上を向きながら体を伸ばして、頭を逆さまにしながら、お兄ちゃんの方を見ています。口を「う」って言う時の形にして、目をすぼめて、いつも僕がいやだって感じた時にする顔をします。たまにほっぺたを凹（へこ）ましたりもね。ドラック達も僕のマネをして、寝転がりながら同じ顔をしてます。

「きちゃあ」

『うん、飽きたね』

『つまんないね』

ドラックもドラッホも僕と同じ気持ちみたいです。

『ボクはジョーディのポッケの中で寝てるよ。何かあったら起こしてね』

『ホミュちゃんもなのぉ！』

そう言ってポッケとホミュちゃんが僕のポケットの中にもぐりこみます。

『オレは外出たいんだな！』

ミルク、今日は外に出られないんだよ。グッシーやローリー達に乗って進めたら、こんなに飽きなかったのに。

今日は外、とっても強い雨が降ってるんだ。朝起きたらザーザーって音が聞こえました。だから外でグッシー達に乗るなんてことはできません。乗るだけじゃなくて、しゃべることもできないんだよ。窓開けると雨が馬車の中に入ってきちゃうからね。

「ジョーディ、もうすぐ宿に着くから頑張ってくれ」

「ちゃの!!」

僕はパパに文句を言います。だってずっと前からパパはそればっかり。でも全然お宿に着かないんだもん。もうすぐっていつなの！

「ジョーディ、パパのもうすぐは、まだまだだってことだよ」

えっ、やっぱりそうなの⁉

「マイケル、今それを言ったらダメだ。なんとか宥めようと思っているんだから」

ほら、パパのお話は嘘だったよ。なんでまだ着かないのに、もうすぐって言ったの？　もう!!

それからも僕はブーブー言いながら、頑張って馬車に乗ってました。そうしてたらいつの間にか寝ちゃって、起きたらちょうど今日お泊まりする街に着くところでした。

馬車がお宿の前に着くと、ドラック達が走って外に降りました、それにお兄ちゃんが続いて、ベルとパパが降りて、やっと僕が降りる番です。

僕が馬車から降ろしてもらってる時でした。先に降りたお兄ちゃんの、騒いでる声が聞こえてきます。

「ママ‼　ビッキー‼　どうしてここにいるの⁉」

えっ、ママがいる⁉　ビッキーがいる⁉　僕はパパに早く馬車から降ろしてもらおうと思って、手や足をバタバタさせます。でも降ろしてもらえなくて、しょうがないから周りをキョロキョロして確認します。

そしたら、宿の玄関の屋根の下に、ママとビッキーがいました。

雨で濡れないように、パパが急いで僕を屋根の下に連れて行ってくれます。連れて行ってもらった僕は、ママに抱きつきました。

「ま〜ま‼」

「ジョーディ、少し離れていただけだけれど、元気そうでよかったわ」

ママが僕のことをギュッて抱きしめてくれます。

「ルリエット、どうして君がここにいるんだ」

パパもママのことをギュッて抱きしめてから、そう聞きました。

「あっちが思っていたより、早く片付いたのよ。詳しい話はあとでするけれど、全員しっかり捕まえたわよ。ストールが来ていて、今は彼が対処しているわ」

ママ達は悪い人達を全員捕まえたみたい。やっぱりママは凄いねぇ。それでね、ママが今言ってたストールさんって人が、ママに僕達のことを迎えに行ってもいいって言ったみたいです。アルビートに行くまでに、最後にお泊まりするのはこの街だってことを出発前に聞いていたから、ママはここで待っててくれたんだって。

今日お泊まりするお宿には、ちゃんと魔獣さん達がお泊まりできる小屋がありました。ローリーやドラックパパ、ドラッホパパはお宿の部屋に入れるけど、グッシー達は、大きすぎてお宿には入れません。だからグッシー達はそっちでお休みです。

僕はママに抱っこしてもらったままお宿に入ります。グッシー、ビッキー、あとでそっちに遊びに行くからね。お兄ちゃんはもう少しビッキーといるって言って、ベルとそのまま外に残りました。

二階に上がってお部屋に入ったら、ママが窓から外を見せてくれます。

「ここからなら、グッシー達がいる小屋がよく見えるわよ」

ほんとだ！　下を見たら小屋があって、そこにグッシー達が歩いていきました。僕が手を振ったらグッシー達が気付いてくれて、翼を振ってくれたよ。

その後は、パパとママはレスターと一緒にお話し合いをしてました。お兄ちゃんは少ししたらお部屋に来たよ。それで分かったけど、明日のお昼くらいにはアルビートに着くみたいです。もうすぐだね。着いたらすぐに、クイン君の所に行かなくちゃ！

＊＊＊＊＊＊＊＊

「それで？　詳しく話を聞かせてくれるか？」

私――ラディスは今、ジョーディ達をベルに任せて、レスター達が泊まる部屋へと移動していた。ルリエットと合流してから、今後の予定について軽く話した。この調子で進めば、明日にはアルビートに到着できるだろう。ジョーディはそんな私達の会話を、きちんと聞いていたようだった。

ジョーディがちゃんと分かっていたかは疑問だが、それでも皆、いつもよりも早く自らベッドに入り、先程眠りについた。そんなジョーディ達を起こさないように、私達は部屋を移動して話をすることにした。

部屋に集まったのは、私とルリエット、レスターにニッカだ。ニッカにはちゃんと街の状況を教えてやらなければ。彼も奴らの被害者なのだから。

「実は私は、ほとんど何もしていないのよ。もちろん捕まえる時には、私だって色々やったけれど、そこまでの計画と準備は、すでにストールがしていて、彼の指揮のもと、一気に全ての屋敷、教会に乗り込んだのよ」

そう話すルリエット。ストールとは国王陛下に仕える騎士団の、第一騎士団に所属している男だ。知力と体力とを両方とも持ち合わせ、なんでもそつなくこなしてしまう、とても有能な人物だ。将来は第一騎士団の団長になるだろうと言われている。そして、とても魔獣を愛する人物でもある。

実は私や兄さんの騎士学校時代の後輩で、野外合同訓練の時はいつも、彼のおかげで色々と大変な思いをした。あまりに優秀すぎ、また真面目すぎるところがあったため、周りとの軋轢(あつれき)が生じ、私はみんなとの間を取り持つのに苦労した。私が卒業する頃には、かなり周りとも打ち解けていたが……

そんな国王に仕える第一騎士団の彼が、なぜアルビートの街に？

「たまたま近くの街に、今回の事件のことを調べに来ていたみたいなの。先日お義父様が陛下に連絡をしていたでしょう？　陛下はそれならばと、近くの街の調査をしていた彼に連絡を取って、それで彼はアルビートの街に向かったというわけ」

ストールは街に着いてすぐ、貴族や治癒師達、教会の人間に気づかれる前に、奴らが街から出られないように手を回し、作戦を考え待機していたという。そして合流したルリエットと共に、手分けをして、一気に奴らを捕まえたというわけだ。

ストールは街で一番権力を持っている貴族の元へ向かい、ルリエットはストールの計画に従い、治癒師の中の、強力な魔法を使える者達の元へ向かったという。彼はルリエットが魔法が得意なことを知っているため、彼女にそちらを任せたのだろう。ちなみに、ルリエットがその治癒師達の集まっている場所へ向おうとした時には、

「ルリエット様なら、ほとんど一瞬で終わらせることができると思いますが、きちんと尋問できる

ように、意識を残しておいてください」

と、言ったそうだ。

「まったく失礼よね。私だってそこまではしないわよ。後から楽しいご……、尋問が待っているのよ。もちろん、ちゃんと質問に答えられる状態で捕まえたわよ」

街に着いたらストールの所へ行き、話を聞くことになるが……はぁ、奴らは一体どんな状態なのか。ルリエットはやりすぎている自覚がないから心配だ。ふとニッカの方を見れば、ルリエットのことを怪訝そうに見ていた。

「そうか。まぁ、全員捕まったならそれでいい」

そうして奴らを捕まえた後、ルリエット達は、奴らの悪事の証拠集めをしたらしい。

今までは奴らに妨害されたり、また確実に証拠があるか分からなかったりしたため、強く出られず、入れない部屋や屋敷もあった。しかし今回はそういった部屋にも強制的に入ったため、たくさんの証拠を得ることができたという。

しかしそこで、騎士達では解決できない、ある問題が起きた。いくつかの教会、そして屋敷には地下室があるのだが、何か所か、入ることができないところがあったらしい。かなり強力な結界が張ってあった所もあれば、何重にも精密なカギがかけられており、さらに分厚い壁に阻まれ入れない場所もあったという。証拠集めをしていた騎士達は、かなり苦労していたようだ。

そこで力を発揮したのが、ルリエットとビッキーだ。地下には、もしかしたら誰かが閉じ込められている可能性もある。まずその気配をビッキーが確認することから始まり、人がいないことを確認できた場所から、扉を破壊して中に突入していったというのだ。

「騎士達には難しかったようだけど、私にはそうでもなかったわ。火魔法の『ファイアーボール』の強めの物を壁に当てたら、カギも壁もすぐに破壊できたのよ。ちょっと周りも壊してしまったけれど、証拠の方が大事でしょう？」

「あ、ああ、まぁ、そうだな」

ルリエットはカギが付いていて、分厚い扉の地下室を担当したらしい。

「ビッキーには結界の方を担当してもらったの。ビッキーの方も、簡単に中に入ることができたわ」

結界の方は、奴らが張ったとは思えないくらい、強力な物だったようだ。もしかしたらロストやコリンズ――あの黒服達が、今回ニッカ達を騙して仲間に引き入れたように、この街の連中も操っていたのかもしれないな。

「ビッキーにかかれば、なんにも問題はなかったわ。ビッキーも少し建物を壊してしまったけど、問題のない程度だしね」

「……明日直接見れば分かるか」

「え？」

「いや、よかったと思ってな。地下にあった証拠もきちんと集めることができて」

「ええ、もうバッチリよ！」

その後も、今の街の状況などを聞き、明日の昼、街に着いたらすぐにクイン君の所に行けることになった。

「明日戻ったら、私はまたあちらに合流するけれど、あなたは先にクイン君の所へ行った方がいいわ。すでに街中の人達が、こちらで新しく用意した治癒師達がいる教会に集まっているの」

調査も尋問も確かに大切だが、全ての原因を捕まえた今、先に病人の対処に当たることにしたらしい。長い間貴族が住民を苦しめていたのだ、まずは住民中心に動かなければな。

明日、すぐにクイン君の所へ行けると聞けば、ジョーディ達は喜ぶだろうな。私はニッカの方を見る。

「大丈夫だ。弟は必ず治してやる」

「はい。よろしく頼みます」

＊＊＊＊＊＊＊＊

次の日の朝。昨日寝る時まで降ってた雨はやんでて、とってもいい天気でした。昨日早寝したから、朝はちょっと早く起きて、目はパッチリです。

「くのよぉ！」

『ジョーディパパ、早く‼』

『早くクイン君の所に行こう！』

ドラックとドラッホが、パパのことをそう言って急かします。

『ホミュちゃん、遊びたいなのぉ！』

『俺も、おもちゃで遊びたい！』

土人形のブラスターがそう言ってお兄ちゃんの頭の上から降りてきて、クイン君のプレゼントが入ってる箱を指さします。

僕も早くクイン君と遊びたいなぁ。でもじぃじが言ってたみたいに、治ってもすぐに起き上がれなくて、僕達が家に帰るまでに遊べなかったらどうしよう？　パパ、また遊びに行ってもいいって言うかな？　僕、ちょっとドキドキしてきちゃいました。ドキドキと、あとソワソワもしてます。

そのまま玄関に行って、馬車がお宿の前に来るのを待ちます。僕がソワソワしてたら、パパがおしっこかって聞いてきました。ママが、オシメはしてるけど、馬車の中でオシメを換えるのは大変だから今確認してってパパに頼みます。そのせいで、せっかく玄関で待ってたのに、パパと一緒におトイレに行くことになりました。もう！　違うのに！

トイレから戻ってきたら馬車がやって来ていて、もうみんな馬車に乗ってました。僕も急いで馬車に乗ります。木の実のカゴに入って、隣にパパが座って、出発です‼　ガタンって音がして馬車が動き始めました。馬車が進む中、僕達は朝のお話の続き、街に着いたら何して遊ぶかのお話をしてたよ。だって楽しみなんだもん。

そして……パパ達が昨日お話ししてた通り、お昼ちょっと前に、アルビートの街の壁が見えてきました。クレインおじさんや僕達の街よりも、ちょっとだけ小さい感じ？

いつもみたいに中に入る列に並ぶのかな？　僕は、パパに抱っこしてもらって、窓から顔をちょっとだけ出して、どのくらい人が並んでるか見てみます。

でも、馬車は列の方に行かないで、全然違う方に進みました。街の壁に沿って進んでいって、小さい門がある所に着いたよ。

「こっちの門を今だけ関係者用にしているのよ。何かあった時にすぐに動けるようにね」

今この街には、悪い人達を捕まえるために、たくさんの騎士さんが集まっています。そういう人達をすぐに街に入れるために、こっちの門をママ達専用にしたんだって。おかげで僕達は今日、向こうの列に並ばないで、すぐに街に入れるんだ。

馬車はすぐに門を通って街の中に入り、細い道を通ってから、大きな道に出ました。街の中ではたくさんの騎士さんたちが忙しそうにしています。それから、ちょっと大きい建物に並んでる人達がたくさんいて、なんか街の中はザワザワしてました。

パパがニッカに声をかけて、ニッカの家がどこにあるか聞きます。

「俺の家は街の端の方、貴族に関係する施設から、一番離れた場所にあります。そこには、俺達のような貧乏な人間が集まって暮らしているんだ。だから、こんなに立派な馬車で近づくのは、あまり御勧めしません」

ニッカはそう答えました。

「目立つなということか」

「そうです。中には金品を狙ってくる人間もいるかもしれません。まぁ今回奴らが捕まったことで、この街が今どうなっているか、帰ってきたばかりの俺には分かりませんが」

「ならばどうするか。途中から歩いて向かうか？　ただそれだとジョーディが……」

「それと、服装もあまり派手でないほうがいいと思います」

パパ達はお話を始めちゃいました。ねぇ、早く行こうよ。僕が窓の枠をバシバシ叩いて急かしていたら、近くでお話を聞いてたグッシーが、いい考えがあるって教えてくれました。

『我が結界を張ってやろう』

グッシーは、少しの間だけど、中にいる人や物が見えなくなる結界を張ることができるんだって。

パパがそんな結界を張れるのかって驚いてました。でもその結界で馬車まで消して進んじゃうと、結界の外にいる人が馬車に気づけなくて、ぶつかっちゃうかもでしょう？

だから、ニッカの家の近くまでは普通に馬車で行って、そこから結界の中に入って、歩いてニッカの家まで行こうってことになりました。

ニッカの家までの行き方が決まって、ニッカの案内で家の近くまで進んで行きます。その間、窓から街を見てたら、ときどき、クレインおじさんの街にもあった、ゴミが集まってお山になってる場所がありました。それから、クレインおじさんの家みたいに、半分だけ壊れちゃってる大きな家と、完全にボロボロになっている家もあったよ。

「まちゅ、ぱいねぇ。たぁ！」

僕はみんなに気付いたことを話します。そうしたらドラックが反応してくれました。

『そうね。ボロボロだもんね。ここにも魔獣達が来たのかな？』

「にゃいにょ」

でも、魔獣さんのお肉は全然落ちてません。そう思った僕はドラックにお肉が落ちてないねって返事をします。

『確かにお肉は転がってないね』

『もうみんな食べられちゃったのかな？』

そうしたらドラックとドラッホがお話を始めました。

『ビッキーが食べちゃったなの？』

『全部食べたんだな？　凄いんだな！』

そのお話に、ホミュちゃんとミルクも割り込んできました。

「ジョーディ、それにみんなも、一体なんの話をしているんだ？」

みんなでお話しして、賑(にぎ)やかになったところで、パパが不思議そうに聞いてきます。

僕が今話していた内容を説明すると、話を聞いていたお兄ちゃんがビッキーに、あとで運動だよって言いました。そしたらビッキーが、魔獣なんていなかったぞ、って返事をしたんだ。

魔獣さんはいなかったの？　じゃあなんで街が壊れてるの？　僕はママとパパの方を見ます。ママはニコニコしてて、パパは窓から外を見ながら、何か凄く困った顔をしてちょっとだけ笑ってました。それから、汗もちょっとだけかいてたよ。

『大体あれは、マイケルの母親が……』

「ゴホンッ。ニッカ、後どれくらいだ？」

「もうすぐです」

ビッキーはなんて言おうとしたのかな？　パパ、どうして途中でお話をやめさせちゃったの？

色々分からないことはあるけど、馬車はそのまま街の中を進んでいきます。少しすると、一番ボロボロになっている大きな家の前で馬車が止まりました。ママはここで馬車を下りて、お仕事の続きをするんだって。

「じゃあね、あなた。宿の場所はさっきレスターに伝えておいたわ。ストールには今日中に会うでしょう？」

「ああ。クイン君のことが終わったら、すぐ合流する」

「ストールに伝えておくわね」

ママが窓から僕の頭を撫でて、グッシーがクイン君のことを治してる時は静かにしてるのよって言いました。僕、ちゃんと静かにしてるよ。だってクイン君に早く治ってほしいもん。

ママが離れたら、馬車がまた進み始めます。ビッキーもこれからもう少しお仕事だって言うから、みんなでママとビッキーにバイバイしました。

ママが馬車を降りてから少しして、壊れてる家はもう見えなくなって、それから綺麗な家も少なくなっていって、木だけで出来てるお家が増えてきました。そうしたらニッカが、そろそろ馬車から降りた方がいいって言って、馬車を止めます。

パパ以外のみんながゾロゾロ馬車から降りて、僕は馬車のそばに来たグッシーの背中に乗ります。ニッカもスプリングホースから降りて、僕と一緒にグッシーに乗りました。次に他の人達に見られないように、家と家の間の道に入って、最後にパパが馬車を動かしてその道を塞ぎます。これからグッシーに結界を張ってもらうんだけど、僕達が急に見えなくなったら、みんなビックリしちゃうでしょう？　だから隠れて結界を張ってもらいます。

あと、お兄ちゃんやドラックとドラッホ、レスターやベルはここに残ります。全員で行くと、ニッカのお爺ちゃんとお婆ちゃんがビックリしちゃうかもしれないから。それに、クイン君は病気にかかってます。治してもらうまでは静かにしないとダメでしょう。

『それじゃあ結界を張るぞ。動くなよ』

グッシーがそう言って、羽をバサッて広げます。それからすぐに元に戻って、行くぞって言ったんだ。ん？　何も起こってないよ。いつもグッシーが張ってくれる結界は、ちょっと薄い白色の膜みたいな物が、僕達の周りに出来るのに、今はなんにも見えません。パパも気になったみたいでグッシーに確認します。

「本当に結界を張ったのか？　何も変化していないようだが」

『見える結界を張ってどうする。周りから見えないようにしているのだから、こちらからも結界が見えないのは当たり前だろう』

あっ、そうだよね。これは見えなくする結界。僕はいつもの結界のことを考えてたから、間違っちゃったよ。

『いいか？　我から離れすぎるな。結界に何かが当たってしまうと、結界が消える可能性がある。人や魔獣にもぶつからないようにしろ。危なそうな時は、我が止まれというから止まるんだぞ』

グッシーがそう言ってゆっくり歩き始めます。僕はお兄ちゃん達に手を振りました。

「行ってらっしゃい！」

「お気を付けて」

『早く帰ってきてね』

『遊べるかちゃんと聞いてきてね』

お兄ちゃんもレスターもバラバラの方向に手を振ってました。今僕達は見えなくなってるからね。僕も、向こうからは見えないだろうけどまたバイバイして、ニッカの家に出発です。

僕とパパ、ローリーとドラックパパとドラッホパパ、それにニッカは、人や魔獣さんが近くに来ると止まって、人が集まってる場所にはなるべく近づかないように端っこを歩いて、ちょっとずつ前に進んで行きます。

街の壁が近づいてきて、道の一番端っこまで行ったら、今度はそこを右に曲がりました。歩きながら、ニッカがローリーとグッシーに、クイン君の病気について色々話をしていました。

右に曲がってから少しして、この辺にある他の家と比べると小さい家の前で、ニッカが止まれって言いました。

「ここが俺の家だ。先に俺が祖父母にラディス様のことを伝えてくるから、ここで待っていてくれ。しかし……家の前で結界を解いたら、ここまで隠れてきた意味がないな」

『気配を確かめたが、今この家の周りには人はいない。なあグッシー、そうだろう？』

ローリーがグッシーに確かめます。グッシーが頷いて、結界を解くなら今だって、それにあと少しで、結界が消えちゃうって言いました。

『動くなら今のうちだ。結界を解くからニッカは早く家の中へ入れ。そして我らのことを伝え、ジョーディ達を中へ連れて行くんだ。どうせ我は中に入れないからな』

あっ、どうしよう!!　グッシーは家の中に入れない!!　クイン君はベッドで寝てるのに、どうやって治してもらおう!?　僕が慌ててたら、グッシーは話を続けます。

『もう大体のことは分っているからな。我は外にいても、これくらいの距離ならば治癒魔法を使えるから心配するな。だがニッカ、家に入ったら一応家の窓を開けてくれ。何かあれば話をしたいからな。それからクインが寝ている部屋の窓もな、その方が治癒魔法が効きやすい』

「分かった」

凄いね、近くにいなくても治せちゃうんだ。でも、大体分かったって何のこと？　考えてたらグッシーが結界を解くぞって、さっきみたいに羽をバサッてしてしまいました。

『行け！』

急いでニッカが家の中に入ります。入ってすぐ、中から男の人が怒鳴る声が聞こえました。ニッカが怒られてるみたいです。でもすぐにその声が聞こえなくなって、ドアが開いてニッカが僕達を呼びました。

待ってる間にパパに抱っこしてもらっていた僕は、パパと急いで家の中に入ります。ローリーも一緒です。ドラックパパとドラッホパパは、グッシーと一緒にいるって、外に残りました。グッシーがクイン君の病気を治している時に、誰かに邪魔されないように見ててくれるらしいです。

中に入ったら、小さな机と椅子があって、それから入ってすぐ右の玄関ドアの近くには階段がありました。

「こんな所にわざわざ申し訳ありません」

男の人の声が聞こえました。声がした方を見たら、お爺ちゃんとお婆ちゃんが、正座して頭を下げてました。パパが僕を降ろして、お爺ちゃん達に話しかけます。

「立ってください。今、そのような挨拶は不要です。この街の貴族がどうだったかは知っています。ですが、その貴族も今は全員捕らえました。さぁ顔を上げてください」

パパに支えられて、お爺ちゃん達が立ち上がりました。

「後程、詳しく話しますが、この街の治癒師や貴族が行っていた、あなた方市民への対応、代わりに私が謝らせていただきます」

今度はパパが頭を下げたら、お爺ちゃんとお婆ちゃんが慌ててました。

「そ、そんな滅相もない」

「あなた様が謝ることなど何もありません。それに、あなた方が来てくださり、この街は今急激に変わり始めております。本当にありがとうございます」

パパが頭を上げてちょっとニコッて笑って、それからみんなで椅子に座りました。僕はパパの膝の上です。ニッカはお爺さんたちの方に座ったよ。

「先程も言いましたが、詳しい話は後でします。今はクイン君の治療を優先させていただきたい。私達はそのために、ここへ来させてもらったのです」

「クインですか？　しかしあの子はもう……つい最近も新しい治癒師様の治療が始まりましたが、あの子は動ける状態ではありません」

お爺ちゃんが辛そうに言います。クイン君、そんなに重い病気なの？

「ご安心を。凄腕の治癒師を連れてきています。治癒を開始してもよろしいですか？」

でも、パパの言う通り、グッシーなら治せるよね。お爺ちゃん、きっと大丈夫だよ！

「は、はあ。ですが治癒師様はどこにいるのですか？　まさか外でお待ちに？」

「はい」

「そんな！　早くお入りいただかなくては」

「いえ、ご心配なさらず、お爺さん。というか、中に入れないのです。それも後程お話しますので」

パパはそう言って、僕を椅子の上に置いて窓の方に行きます。パパが窓まで行くと、グッシーの毛が窓の隙間から見えました。すぐにパパがこっちを見て頷きます。それから外から光が見えて、その光が消えると、パパが窓の外のグッシーとお話を始めました。

クイン君の病気は治ったかな？　大丈夫かな？　僕はドキドキしながらパパのことを待ちます。少しの間お話ししてたパパが、ニコニコしながら僕達の方に戻ってきました。

「治癒は成功しました。確認のため、クイン君の元へ案内していただいてもよろしいですか？」

「は、はい!!」

「こ、こちらです!!」

お爺ちゃんもお婆ちゃんもとっても驚いて、ガタッ!!って椅子から立ち上がりました。僕も行こうと思って、ニッカに椅子から下ろしてってって手を伸ばしたんだけど、パパが確認が終わるまでここで待ってなさいって。

う〜ん、早く病気が治ったクイン君に会いたかったけど、パパ、治ったって言ったもんね。きっとちゃんと治ってるはず。もう少しだけここで我慢します。

パパがニッカに、ジョーディのことを見ていてくれって言いました。僕、ローリーと一緒に待ってるから、ニッカはクイン君の所に行ってきていいよ。だって、ずっとクイン君に会ってなかったんでしょう？

そう言ったつもりだったんだけど、パパは僕の言うことを分かってくれません。そのうえ、何を言っているか分からないけど、今は静かに待っててくれ、なんて言ってます。

ニッカも一緒に行っていいよ、僕がもう一度そう言おうとした時、僕のポケットの中からポッケが顔を出しました。

あれ？　みんなと一緒に馬車のところでお留守番してたんじゃなかったっけ？　ポッケはいつも移動する時はホミュちゃんに運んでもらってて……そういえば、バイバイした時、結界の外にはホミュちゃんしかいなかったような……ポッケ、ポケットの中で寝てて、そのまま一緒に来ちゃったんだね。

『ジョーディパパ、ジョーディはニッカも行って、って言ってるんだよ』

ポッケが、僕の言ったことをパパに伝えてくれます。そしたらパパがちょっと困った顔になりました。なんで？　だって最初にニッカが会わなくちゃ。ずっとロストやコリンズのせいで会えなかったんだもん。

僕はニッカとパパに、早く行ってててって言います。そしたらニッカが、順番に見に行けばいいから、自分は今はここで僕のことを見て待ってるって言いました。え～！　早く行った方がいいよ。

結局、パパとお爺ちゃん達だけ先にクイン君の所に行っちゃいました。僕の方を見て少し笑うニッカ。僕はローリーと一緒にいれば大丈夫なのに。

パパ達が二階に行ってすぐ、お婆ちゃんの喜ぶ声と、泣いてる声が聞こえてきました。それからお爺ちゃんのありがとうございますって声もします。うん！　ちゃんとクイン君の病気治ったんだね。よかったぁ。

ぽろぽろ泣いてるお婆ちゃんを、お爺ちゃんが支えながら二階から戻ってきます。後ろからパパも下りてきました。お婆ちゃん達はそのまま椅子に座って、パパは僕達の方に来ました。

「ジョーディ、クイン君の病気は治ったぞ。ただな、ジョーディは今日はまだクイン君に会えないんだ。病気は治っても、今までずっと寝ていたから、体が動かなくてな。もう少し元気になったら会えるから、あとちょっとだけ我慢してくれ。分かるか？」

僕はポッケとお互いの顔を見て、ちょっとお話しします。

「ちゃいのねぇ、ねぇね」

『うん、ちょっと我慢しないとね。元気なクイン君と遊びたいもんね』

お話しして、我慢するって決まったよ。楽しみにしてたんだけどなぁ。でも、ずっと寝てると、動けなくなるのは僕も分かるよ。僕も地球の病院でずっと寝てた時、体が痛くなったり、上手に動かせなくなったりしたもん。うん、ちょっと残念だけど、我慢しなくちゃね。

「ニッカ、クインに会ってきなさい。せっかく治していただいたんだ。落ち着いて寝てしまっているが、寝顔だけでもすぐに」

　お爺ちゃんがそうニッカに言いました。でもニッカはすぐに動こうとしません。

「それは……」

「ジョーディ、パパたちは少しお話をするから、ジョーディは少しの間グッシーとお話ししててくれるか。窓の所でお話だ。分かるか？」

　パパ、どうしたの急に？　お話しするなら、パパにお膝に乗せてもらって静かにしてるよ。だってクイン君のお話をするんでしょう。

　そう思ったんだけど、パパは僕をローリーの背中に乗せて、ローリーが窓の方に向かいます。そのあとパパは椅子に座ってニッカとお爺ちゃんと、お話を始めちゃいました。

＊＊＊＊＊＊

　ローリーがジョーディを窓の所に連れて行き、私――ラディスの方を見て頷いてきた。私はそれを確認し、ニッカ達にとあるお願いをすることから始める。ニッカは今度は私の隣の椅子に座っている。

「これから話すことは、なるべくジョーディに聞かれないようにしたいのです。あの子は小さいながら、私達の会話を理解しているような時があるので、今からお伝えする話を聞かれたくない。よろしいですか」

三人が頷き、私は静かに今回の出来事について話し始めた。

クイン君の病気を治しに来ていた人物、ロストのこと。そしてこの街の貴族、治癒師と手を組んで、ニッカのような人々を騙していたこと。

また昨日のルリエットの話から、この街にもあの闇の靄の襲撃があったことを聞いていたので、その攻撃はロスト達がやったことだと教えた。

そしてそうした攻撃をした人物の中には騙されてしまった人々——ニッカも含まれていて、彼らに加担し、犯罪者になってしまったこと。

時間がないため省いた部分も多かったが、大切な部分は全て祖父母に伝えた。今ニッカがそのために刑に服していることも。

話を聞いた彼らは驚愕の表情を浮かべ、そしてニッカを睨んだ後、悲しそうな表情に変わり、私に頭を下げてこようとした。私はそれを止めると、ニッカの刑の話に移った。

私の屋敷に来て、ジョーディの護衛として働いてもらうと決まったことから、それは国王陛下がお許しになるまで続くということを伝えた。また、他の騙されて手を貸してしまった人々も、それぞれその者にあった刑が処されていることも話した。

そして、今ニッカはもう一つ、罰を受けているのだ。これはジョーディ達には聞かせたくない刑だったため、この話をする時は、必ずジョーディ達がいない所で話していた。

私がその話をしようとすると、ニッカが自ら話したいと口を開いた。私が頷くと、ニッカが姿勢を正して話を始めた。

「俺は、いつになるか分からないが、陛下のお許しがいただけるまで、クインには会えないんだ。今まで苦しんできたクインの病気が治り、元気になった笑顔を見ることができないのは寂しいが、これが俺の罰なんだ」

そう、陛下がニッカに科した刑は、陛下の許しがあるまで、クイン君に会うことを禁ずるというものだった。だから、ニッカは今、クイン君に会うことができないのだ。

『悪の化身』の復活に、騙されたとはいえ手を貸してしまうというのは、本来だったら死刑もあり得る重い罪だ。だが陛下の恩情により死刑にはならずに、多くの者は、人々に奉仕する内容の刑を言い渡されている。

だがニッカは関わった内容が内容だったため、陛下はクイン君に会えないという刑を加えたのだ。ニッカは『悪の化身』を復活させるために、復活魔法を使ってしまっていた。周りで見ていただけの者と、魔法を使ってしまった者とでは、それぞれ対応が違うのは仕方のないことだ。

全てを知ったニッカの祖父は、少し苦しそうにニッカに向かって話し始めた。

「そうか、お前にはそのような刑が」

「あなた、なんとか今回だけでもクインに会わせられないかしら」

「何を言っている、陛下のお決めになったことに逆らうのか。陛下の恩情で死刑にならずに済んだのだから、従わないといけないだろう。それに、二度と会えないわけではない」

お婆さんは再び静かに涙を流し、お爺さんは一瞬寂しそうな顔をすると、しっかりとした表情に戻り、ニッカの方へ向き直った。

「ニッカ、どれ程の時間がかかるかは分からんが、きちんと罪を償い、私達の家に帰ってこい。クインには私達が上手く言っておくさ。ジョーディ様をしっかりお守りするのだぞ」

「ああ」

ニッカの返事は、今まで聞いた中で、一番しっかりとしたものだった。そしてその眼差しもしっかりとしたもので、これならばジョーディのことを任せられると確信できた。ふう、そろそろ最後の刑を言い渡す時か。

ニッカには伝えていなかったが、実はもう一つ刑があった。本当ならば最初に刑を言い渡した時に言ってもよかったのだが、陛下からの手紙では、伝えるタイミングは私に任せると書いてあった。そのためルリエットと相談し、今まで伝えるのを延ばしてきた。

これには理由がある。個人的な理由だが、今回の事件、ジョーディが味わわされた怖さや寂しさを考えると、ロスト達のせいだと分かっていても、やはり私やルリエットには、ニッカを許せない部分があるからだ。まぁ、ニッカと数日過ごすうちに、面倒見のよさや、ここに至るまでの行動を知って、今ではその気持ちもなくなったが。

しかし、そういう事情があり、言うのを先延ばしにしていた。だが、今が伝えるのにちょうどいいタイミングだろう。

これを言ったらニッカはどんな反応をするだろうか。なぜ黙っていたんだと怒るか、それとも喜ぶか。だが怒ったとしても、これくらいのことは許されるだろう。黒い靄に呑み込まれそうになった時のジョーディの気持ちを考えれば些細(ささい)なことだ。

私はチラッとジョーディを見る。グッシー達と何を話しているのか、手を大きく使い、何か一生懸命に話をしている。

さぁ、最後の刑を言い渡そう。

「ニッカ。お前にもう一つ、言い渡していないことがある」

私の言葉に、ニッカ達の目が見開かれた。そしてお婆さんはまだ何かあるのかと心配する表情になった。

「今回の刑で、陛下がどの刑よりも優先するようにと、おっしゃったものだ。心して聞け。ジョー……」

伝えようとした時だった。窓の方から、ジョーディとポッケの歌声が聞こえてきた。

「にょっにょ♪　にょっにょ♪」

『にょっにょ♪　にょっにょ♪』

「にょ〜にょ♪　にょ〜にょ♪」

『にょ〜にょ♪　にょ〜にょ♪』

これから大事なことを言おうとしているのに‼

＊＊＊＊＊＊＊

最初はパパ達のお話が早く終わるかもって思って、パパ達の方をチラチラ何回も見てたんだけど、お話は全然終わりませんでした。ローリーも時間がかかるって言ったから、僕はクイン君が元気になったら、何から遊ぶか話して待つことにしました。

まず、僕が持ってきたプレゼントで絶対に遊ぶでしょう。あっ、プレゼントはパパ達のお話が終わったら渡します。さっき渡そうと思ってたんだけど、お話が始まっちゃったから渡せませんでした。

それからニッカに絵本を読んでもらいたいな。この前ニッカに貰った絵本は、本当はクイン君のだったから。あとで一緒に読んでもらわなくちゃ。

あとはボールでも遊びたいな。クイン君は僕よりも全然年上らしいです。僕、ちゃんと一緒にボールで遊べるかな？

『ねぇ、お外でも遊ぼうよ。街の中にある魔獣を集めてお世話してる所に行けば、魔獣達と遊べるよ』

ポッケが言いました。僕達の街の中には色々なものがあって、畑や果物を育てる場所や、魔獣さんを飼う場所があります。それは、街の人達みんなが使えるものです。

そこにいる魔獣さんは、契約している魔獣さんじゃありません。ちょっと遠くの街とか、森とかに行く時に借りていく用の魔獣さんです。

そこは小さい子でも遊びに行っていいって、前にパパがお話ししてました。でも、僕のお家のお庭には魔獣さんを飼ってる小屋があるから、別にそこに遊びに行く必要はありません。だから、僕は一度も街の魔獣さんを飼ってる場所に行ったことありません。初めてだから僕も行ってみたいし、あとでパパに言ってみよう。

それからも僕とポッケは色々なお話をしました。ローリーやグッシー達は、そんなに一度に遊べないぞとか、魔獣なら俺達がいるだろうとか言ってきます。違うんだよ。知らない魔獣さんに会うのが楽しいんだよ。

どれくらいお話ししてたかな。ポッケが『あっ！』って言いました。また何か思いついたみたいです。

『ねぇ、一緒に歌を歌ったらどうかな？　ジョーディが考えた、僕達が大好きな歌。あの歌だったら、きっとクイン君も歌えるはずだよ』

「にょ!!」

そうだね！　お歌のこと忘れてたよ。僕が作った、嬉しい時、楽しい時に歌う歌。あっ、今だってクイン君の病気が治って嬉しいのに、歌うの忘れてたよ。ドラック達はいないけど、ポッケと二人で歌おうかな？　もしかしたら、僕達の楽しい歌がクイン君に聞こえて、早く元気になれるかも。

「ちゃうのねぇ！　にょにょよぉ！」

『うん、そうだね！　クイン君元気になるかも！』

『おい、二人共何を話している。まさかあの歌を歌うつもりか!?　今はダメだ!!』

『ローリーの言う通りだ。今ラディス達が話をしているだろう』

ローリー達がそう言ってきました。でも、僕もう飽きちゃったよ。パパ達のお話全然終わんないんだもん。それに僕とポッケの二人だけだから、いつもよりも静かだよ。よし、決まり！

「にょよぉ！」

『せーの!!』

『ま、待て!!』

僕とポッケは息を吸って、大きく口を開けます。ローリーが止めてきたけど関係ありません。

「にょっにょ♪　にょっにょ♪」

『にょっにょ♪　にょっにょ♪』

「にょ～にょ♪　にょ～にょ♪」

『にょ～にょ♪　にょ～にょ♪』

僕はポッケと一緒に、大きな声で歌いました。

『ジョーディ、ポッケ……はぁ』

ローリーがため息をついて、グッシーは顔をフルフル振ります。どうかな？　クイン君まで届いたかな？　ポッケがもう一度歌う？って聞いてきたから、僕はそうだねって言いました。

僕達がもう一回息を吸って、大きく口を開けて歌おうとした時、後ろからパパの声がしました。

「ジョーディ、ポッケ、何をしているんだ」

振り向いたら、パパがいつの間にか僕達の後ろにいて、僕は抱っこされちゃいました。パパは顔をぴくぴくさせて、何か変な顔してます。パパ、いつの間に後ろにいたの？

僕はパパの体の横から顔を出してニッカの方を見ます。ニッカが困ったお顔して笑ってて、お爺ちゃんはちょっとビックリしてました。ん？　お婆ちゃん泣いてるの？　でもハンカチで涙を拭いてる手が止まってて、泣いてるのにビックリした顔をしています。みんなどうしたの？

僕はパパの方に視線を戻します。パパ、お話が終わったなら、僕、お爺ちゃん達にクイン君へのプレゼント渡したいよ。忘れちゃったら大変です。パパにそう言おうと思ったその時――

「ローリー、ちゃんと面倒見ててくれ。今一番、大切な話をしようとしていたのに」

『オレだって止めたんだ。だが止めている最中に歌ってしまったんだ』

パパとローリーがケンカを始めちゃったよ。僕達の歌がいけなかったみたい。どうしてだろう？

二人だけだったからそんなにうるさくなかったでしょう？

「ああ、もう。歌ってしまったものはしょうがない」

怒ってるパパは、ブツブツ言いながら、僕達を連れてニッカの所に戻って椅子に座ります。それ

から僕とポッケの方の顔を見てきて、

「いいか。これから大切な話をするから、二人は静かにしていてくれ。しーだぞ。分かるか？　すぐに終わるからな」

って言いました。まだお話は終わってなかったみたい。僕、パパの「すぐ」は信じないよ。だっていつもすぐ、って言って、全然そうじゃないもん。この街に来る時もそうだったでしょう。僕もポッケも、いつものブスッとした顔してパパを見た後、静かに前を向きました。

「それでは、ちょっと中断されてしまったが。ニッカ、お前に最後の刑を言い渡す」

ん？　けい？　何？　ピシッとした顔のパパ。それからやっぱりピシッとした顔のニッカ。心配そうな顔をするお爺ちゃんとお婆ちゃん。僕とポッケはまだブスッとした顔をしています。

『ジョーディ達がいると、大切な話をしているのに引き締まらないな。今だってあの顔だ。これから刑を言い渡すのに』

『歌のことだけ注意して、そのまま俺たちの方にいさせた方がよかったんじゃないか？』

ドラックパパ、ローリー、何か言った？

「刑というか、ジョーディの護衛に関する条件のようなものだ。今まで言い渡した刑に関し、ある特定の人物による命令ならば、たとえそれが陛下の命令に背く（そむ）ものであっても、その命令を優先するように」

パパがそう言いました。ん？　今度はどうしたの？　みんなまた固まっちゃってるけど。パパ、そんなに変なことを言ったの？　僕はブスッとした顔をやめて、固まってるニッカに手を伸ばしました。ここに来た最初の時と違って近くに座ってたから、なんとかすれすれで手が届いて。指先がちょっとだけ届いたからツンツン、ニッカの腕をつつきます。ハッとするニッカ。

「あ、いや、その、今のは一体どういうことだ？」

「言った通りだ」

とっても困った顔するニッカ。お爺ちゃん達も困った顔に変わって、ニッカとパパのことを見ています。そのまま話を続けるパパ。

「特定の人物というのは、私の息子、ジョーディのことだ。お前は、ジョーディの護衛として、陛下の許しがあるまで働くことになる。そしてクイン君に会うことも禁じられるが、もしジョーディに命令されれば、そちらを優先しろということだ」

「どういうことだ？　もし俺が仕事をしている時に、ジョーディ様に遊べと言われたら、その場で仕事をやめ、そのまま遊べということか？」

「まぁ、そんな感じだな」

「それが陛下から下された、最後の刑なのか？　刑というか、ジョーディ様が遊べというのであれば、俺はもちろんそちらを優先させるつもりだ」

遊ぶ？　なになに？　ニッカが仕事してる時でも、遊んでいいって言ったの？　いつもパパとママは、仕事の時は邪魔しちゃダメって言うのに、ニッカはいいの？　なら僕、いつでもニッカに遊んでって言っちゃうよ。こうかな？

僕はニッカの方に手を伸ばして、遊んでって言いました。それからサウキーのぬいぐるみが入ってる鞄からボールを取り出して、ニッカに見せます。そしたらパパに、今は遊べないぞって言われました。もう、遊んでいいの？　ダメなの？　どっち！　僕とポッケはまたブスッとします。パパが遊んでいいって言ったのに。

「分かった。それが最後の刑ならば、それに従うまでだ。ジョーディ様の命令があれば、それを優先しよう。しかし、陛下の命令に背くとはどういうことだ？」

そう言ったニッカに、パパがピシッとした顔をやめて、少しだけ笑いながら答えます。

「ニッカ、お前は分かっていないだろう。この条件がどういうものか」

ニッカが変な顔になります。

「いいか、ジョーディの命令が陛下の命令よりも優先されるということは、もしジョーディがお前に、クイン君に会ってこい、遊んでこいと言ったら、お前は、クイン君の所へ行かないといけない、ということなんだぞ」

今度はハッとした顔に変わるニッカ。目をパッと開いて、それから僕のことを見てきます。僕を見た後はパパのことを、その後はお爺ちゃん達を見ました。お爺ちゃんもニッカみたいに、ビックリした顔をしてました。それからお婆ちゃんはまた泣き始めちゃって、ニッカがまた僕達を見てきます。

「さて、今言った刑に関しては、言い渡したらすぐに執行されることになっている。私たちは、これからジョーディがお前に何を言おうと、本当にまずいと思うもの以外、止めることはしない。今、ここでジョーディがお前に、クイン君に会いに行けと言えば、お前はその命令に従わなければならない」

あっ、そうだよ。パパ達の長くてよく分からない話のせいで、ニッカはまだクイン君に会いに行けていません。僕達はまだ会えないけど、ニッカは早く会いに行かなくちゃ。

僕はポッケに頼んでニッカに、クイン君に会ってきてって伝えてもらいます。でもニッカはなかなか動きません。ニッカは、またじっと僕のことを見た後、パパの方を見ました。そしたら、パパが頷きます。なんでさっきからニッカはクイン君の所に行かないんだろう。クイン君は寝てるかもしれないけど、早く会ってあげなよ！

「くにょよ？」

『早く行ってって言ってるよ』

次の瞬間、ニッカが立ち上がって僕のことを抱き上げて、ギュッて抱きしめてきました。ニッカの体はちょっと震えてたんだ。だから僕はニッカの頭を撫で撫でしてあげます。次にニッカの顔を見たら、笑いながら困ってるみたいな、そんな顔をしてました。

「ありがとう、ありがとうジョーディ様」

「ほら、早く行ってこい。そろそろ帰る時間だ」

パパに言われて、ニッカは僕をパパに渡しました。そのまま走って二階に上がっていきます。パパはもうすぐ帰る時間って言ったよね。急がないと一緒にいられる時間が少なくなっちゃうよ。

その時、ガタッて音がして、僕はそっちを見ます。そこには立ち上がってお辞儀しているお爺ちゃんとお婆ちゃんがいました。それからお婆ちゃんがこっちに来て、僕の手を握って泣きながらありがとうって伝えてきます。お婆ちゃん、ニッカがやっとクイン君に会いに行ったから泣いてるんだね。まったく、あとでニッカのこと怒ってあげるよ。なんで早く会いに行かないのって。

そうだ、ニッカがクイン君に会ってるうちに、お爺ちゃん達に、プレセントを渡しちゃおう。また忘れちゃうといけないからね。

プレゼントはローリーに運んでもらっていたから、僕は窓の所にいたローリーを呼びます。パパがローリーから袋を受け取って、それをお爺ちゃんに渡しました。

＊＊＊＊＊＊＊

ラディス様から実はもう一つ刑があると聞き、俺――ニッカはその瞬間やはりそうかと、そしてなぜ初めから言ってくれなかったんだと、思わず下を向いてしまった。

あれだけのことをしでかしたのに、ジョーディ様の護衛と、クインに会うことを禁止されるだけでは、今回の刑はあまりにも軽すぎると思ってはいたんだ。

そうした俺の考えは間違っていなかったようだ。

椅子に座り直し、軽く深呼吸して、刑が言い渡されるのを待つ。ジョーディ様の護衛をするため、体が動かなくなるような刑ではないはずだが。どんな内容なのか想像がつかなかった。爺ちゃん達も心配そうに、ラディス様と俺を見つめている。

そしてラディス様が刑を言いかけた時、あの歌が聞こえてきた。その瞬間ラディス様の表情が、苛立ちと、なぜ今なんだというなんとも言えないものへと変わる。

別に悪いことをしたわけではないのだが、なにも今歌わなくともいいだろう。俺は思わず苦笑いしてしまった。爺ちゃん達は思わぬ事態に、驚いた表情をして固まってしまっている。まあおかげで、婆ちゃんの涙は止まったが。

そんな中ラディス様は立ち上がり、顔を引きつらせながらジョーディ様の所へ向かう。そして俺達の所へ連れてこられたジョーディ様達は、静かにしていろと言われ、ふてくされ顔で膝の上で静かに抱っこされた。

周りが今までの真剣な雰囲気に戻る中、ジョーディ様はふてくされたまま。他の人間がこの場を見たらどう思うだろうか。

そして、気を取り直して言い渡された刑は、なんとも言えないものだった。

「刑というか、ジョーディの護衛に関する条件のようなものだ。今まで言い渡した刑に関し、ある特定の人物による命令ならば、たとえそれが陛下の命令に背くものであっても、その命令を優先するように」

これが刑と呼べるものなのか？　戸惑いながら詳しく話を聞けば、特定の人物というのはジョーディ様のことで、ジョーディ様が俺の仕事中に遊べと言えば、仕事を途中でやめその場で遊べと、そのような感じらしい。

なぜこのような刑を科す必要があるのか。もちろん俺はジョーディ様の護衛をすると決まった時、必ずジョーディ様をお守りすると心に決めていた。またその他のことでも、ジョーディ様に何か命令されれば、それに従おうと思っていた。それは遊びに関してもだ。

また、どうして今まで黙っている必要があったのか。最初に刑を言い渡したあの時に、一緒に言ってもよかったはずなのに。爺ちゃん達も不思議そうな表情をしている。もっと何か、厳しい刑を言い渡されると思っていたからな。だが……そう改めて言い渡されたのであれば、もう一度誓おう。

俺は姿勢を正し、改めてラディス様に言った。そして最後に疑問に思っていることも聞いてみることにした。

「分かった。それが最後の刑ならば、それに従うまでだ。ジョーディ様の命令があれば、それを優先しよう。しかし、陛下の命令に背くとはどういうことだ？」

ラディス様が厳しい表情を緩め、少しだけ笑いながら言った。

「ニッカ、お前は分かっていないだろう。最後の刑がどういうものか」

分かっていない？　ジョーディ様の命令を優先するということだろう？

「いいか、ジョーディの命令が陛下の命令よりも優先されるということは、もしジョーディがお前に、クイン君に会ってこい、遊んでこいと言ったら、お前は、クイン君の所へ行かないといけない、ということなんだぞ」

それを聞いて、俺はハッとした。まさかそんな！　俺はジョーディ様を、それからラディス様を見る。どうしたの、といった様子でこちらを見てくるジョーディ様。優しく笑っているラディス様。祖父母の方を見れば、爺ちゃんは驚いた表情をした後、泣きそうになりながら笑い、婆ちゃんはまた泣き始めてしまった。

突然のことに、動けなくなっている俺に対し、話を進めるラディス様。その話の最中だった、ジョーディ様が話に入ってきたのは。何を言っているか分からずにいると、すかさずポッケが伝えてくれる。早くクインに会いに行けと言っているらしい。

次の瞬間、俺はジョーディ様を抱きしめていた。ジョーディ様への感謝と嬉しさとで、俺の目には涙が浮かび、体が震える。ジョーディ様はそんな俺の頭を撫でてくれた。ラディス様にもうすぐ帰る時間だと言われ、俺はジョーディ様をラディス様に預け、二階へと駆け上がった。

気持ちが逸（はや）り力強くドアを開けてしまい、クインが眠っているのにしまったと思いながら、静かにドアを閉める。そしてベッドが置いてある窓の方を見た。

俺が家を出て行った時のまま、部屋の中はほとんど変わっていなかった。そんな部屋の中を見ながら、そっとベッドへと近づく。

部屋の中で唯一変わっているところがあった。それはベッドの上で、苦しまず安らかな表情を浮かべ、眠っているクインのことだ。俺が最後に見た時は、呼吸は荒く、そして咳が止まらず、ご飯も少ししか食べられず、苦しんでいたのに。それが今は……

俺はベッドの脇にしゃがみ込んだ。そしてクインの手を握る。これにも変化があった。あれ程冷えきっていた小さな手からは、今はぬくもりが伝わってきた。

「クイン、よかった」

ジョーディ様の前ではなんとか堪えていた涙が、次から次に溢れてくる。

全てはジョーディ様のおかげだ。この恩をどう返していけばいいのか。ジョーディ様の護衛はもちろんだが、それでこれ程の恩を返すことなどできるのだろうか。

どんなに時間がかかったとしても、俺の全てをかけて、ジョーディ様に恩返しをしていかなければ。

俺は決意を新たにする。ジョーディ様の元へ戻るため、なんとか涙を止めようとしたのだが、少しの間、涙が止まることはなかった。

＊＊＊＊＊＊＊

「あの、これは」

お爺ちゃんが不思議そうな顔をして、パパからクイン君へ渡すプレゼントを受け取りました。

「ここへ来る前に、ジョーディがクイン君にと買った物です。ジョーディが自分で選んだんです。クイン君が目を覚ましたらプレゼントしてあげてください。おもちゃとぬいぐるみです。おもちゃの方はジョーディとお揃いなんですよ」

お爺ちゃんが僕の方を見ました。僕はニコニコです。クイン君が元気になったらおもちゃとぬいぐるみで遊ぶから、ちゃんと渡してね。

「そうですか。ジョーディ様自らお選びに。クインが目を覚ましたら必ず渡します。きっと、とっても喜びますよ。ありがとうございます」

お爺ちゃんがありがとうした時、ニッカが下りてきました。戻ってくるの早くない？　まだもう少し一緒にいても大丈夫だと思うんだけど。パパがニッカに確認します。

「もういいのか？　帰る時間が近いと言っても、もう少しなら大丈夫だぞ。話せないのは残念だが」

「大丈夫だ。あんな穏やかなクインは久しぶりに見た。それだけで充分だ」

「そうか、それならいいが。よし、じゃあそろそろ戻ろうか」

パパは僕を抱っこしたまま、窓の方に行ってグッシー達とお話しします。ここへ来る時にグッシーの張ってくれた、見えなくなる結界について聞きに行ったの。ここへ来た時、もうすぐ消えちゃうって言ってたでしょう？　だからパパがまたあの結界は張れるのかって聞いたら、グッシーはもう大丈夫だって言いました。

それとね、人や、魔獣さんが家の前を通った時、グッシーを見て何人か近づこうとしてきたんだけど、外にいた三匹で驚かせて追い払ったんだって。だから今はそういう人達もいないし、見てる人もいないから、今のうちだってグッシーが言ってました。

「よし、じゃあ今のうちに帰ろう」

パパ達とお爺ちゃん達がさようならの挨拶を始めます。パパ達が終わったら次は僕の番です。お爺ちゃんが頭を撫でてくれて、お婆ちゃんが手を握ってくれて。お婆ちゃん、今はもう泣いてなくてニコニコだよ。

みんなの挨拶が終わったら玄関に集まります。ニッカがドアを開けたらいつの間にかグッシー達が、もう玄関の前に立ってました。

「それではこれで」

パパがそう言うと、お爺ちゃんとお婆ちゃんが頭を下げて挨拶をしてくれました。

「本当にありがとうございました」

「いつになるか分かりませんが、いつかクイン君とうちのジョーディを遊ばせてやりたいと思っています。その時にまた」

「ニッカ、しっかりジョーディ様をお守りするのだぞ」

お爺ちゃんがそう言って、ニッカの肩を叩いた後、僕達は玄関から出ました。

『よし、結界を張るぞ』

早速グッシーが結界を張ります。結界を張って僕達が見えなくなったら、お爺ちゃん達はとっても驚いてました。向こうからは見えてないけど、僕はお爺ちゃん達にバイバイして、それから二階で寝てるクイン君にもバイバイして、ニッカと一緒にグッシーに乗っかります。パパもローリーに乗っかって出発です。

みんなが待ってる場所まで、僕とポッケは歌いながら帰りました。だってみんなニコニコで、僕もクイン君の病気が治って嬉しいし、歌わなくちゃね。さっきダメって言われちゃったし。でも僕達が歌ってたら途中で、今度はグッシーに静かにしてくれって言われちゃいました。結界が消えたらどうするんだって。なんで歌うと結界が消えちゃうの？

グッシーがダメって言うから、ポッケとお話しして、みんなの所に戻ってから歌うことにしました。みんなにクイン君のことをお話しして、みんなと一緒に嬉しい歌を歌った方がいいもんね。

少しして、僕達の乗ってきた馬車が見えてきました。馬車の周りにはレスターとお兄ちゃんとドラッホがいます。他のみんなはどこかな？

僕達は出発した時みたいに、家と家の間のちょっと細い道に入って、そこでグッシーが結界を消します。パパがお兄ちゃん達に話しかけたら、お兄ちゃんとドラッホはビクッとしてたよ。急に僕達が出てきたからね。

「お帰りパパ、ジョーディ！」

お兄ちゃん達が駆け寄ってきました。そしたら馬車のドアが開いて、中からドラック達が出てきます。みんな馬車の中にいたんだね。

ドラック達も僕に駆け寄ってきて、最初にホミュちゃんがポッケに近づいてきました。それでとっても心配したって言ってます。僕達がニッカの家に向かって少しして、ポッケがいないことに気づいて、とっても慌ててたんだって。

『ごめんね。僕ポケットの中で寝てて、そのままついていっちゃったんだ』

ポッケがそう謝って、ホミュちゃんが、次からちゃんと起こさなくちゃって言ってました。でもホミュちゃんもよく一緒に寝てるよね？　ちゃんと起こせるかな？

ポッケとホミュちゃんの話が終わったら、次はもちろんクイン君のお話です。僕はグッシーの魔法でクイン君の病気が治ったこと、でもずっと病気で寝てたせいで、あんまり体が動かせなくてまだ寝てるから、僕達はまだ遊べないことをお話ししました。

『そっかぁ。残念』

『遊べるの楽しみだったけど、しょうがないね』

『元気になったらあそぶなのぉ!!』

『他にも絵本もって行くんだな！』

ドラックとドラッホ、ホミュちゃんとミルクがそう答えます。みんな楽しみにしてるから、クイン君、早く元気になってね。

『俺は色んなお店に行くのもいいと思うぞ！　街の中には楽しそうな店がいっぱいあったし！』

お兄ちゃんの頭の上にいるブラスターがそう言いました。そっか。お店に行くのも楽しいかも。うん、それもやりたいね。

お話の途中だったけど、パパが急いでお宿に行くぞって言いました。パパは僕達と一緒にお宿に行った後、ママの所に行ってお仕事らしいです。みんなでゾロゾロ馬車に乗って、すぐに馬車が動き始めました。

馬車の中でレスターとパパが、クイン君の病気のお話をしてました。パパは、あとでグッシーに、クイン君の病気がどういう病気だったのか聞かなきゃなって言ってました。あっ、そういえばクイン君の病気のことを聞くの忘れてたね。とっても悪い風邪とかかな？　それとも地球での僕みたいなもっと悪い病気？　でも治ったからよかったね。

お宿まで行く馬車の中、みんなでクイン君の病気が治ったことをお祝いするための歌を歌います。嬉しくて今日は一番まで歌っちゃったよ。

「にょっにょ♪　にょっにょ♪」

『ワンワン♪　ワウワウ♪』

『ニャウニャウ♪　ニャア～ウ♪』

『にょっにょ♪　にょっにょ♪なのぉ！』

『にょにょ♪　にょっにょ♪なんだな！』

「にょ～にょ♪　にょ～にょ♪」

『わにょん♪　わにょん♪』

『ニャ～オン♪　ニャ～オン♪』

『にょ～にょ♪　にょ～にょ♪なのぉ！』

『にょ～にょ♪　にょ～にょ♪なんだな！』

『にょにょ～♪　にょにょ～♪』

ねぇ、誰か間違ってない？　ホミュちゃんとミルクは合いの手みたいになって盛り上がるからいいんだけど……なんか違う歌が聞こえます。僕はお兄ちゃんの頭の上を見ました。ブラスター、お歌違うよ。ちゃんと聞いてね。

「なんでブラスターだけずれているんだ？」

パパも嫌そうな顔をしてました。

お宿に着いて部屋に行って、僕達はお洋服を着替えます。その後すぐに、お昼のご飯を食べにみんなで食堂へ行きました。でもパパは、ご飯はママ達と食べるって言って、そのままお仕事に行っちゃいました。何かお話ししながら食べたいみたいです。たぶんこれからのこととお仕事の話をしながら、食べたいんだと思います。でも夜のご飯までには帰ってくるって言ってました。

そういえばこの街には、クレインおじさんの街みたいに、ゴミのお山がいっぱいあったよね。もしお片付けするのが大変なら、僕達もお手伝いに行ってあげようかな。だって今はビッキーだけが、ママのお手伝いをしているからね。ビッキーばっかりじゃダメだよね。ちゃんとみんなでお手伝いしないと。パパが帰ってきたら言ってみよう。

ご飯を食べた後はお昼寝の時間です。お昼寝が終わったら、ニッカに遊んでもらいます。

そうしてニッカに遊んでもらってる時でした。お兄ちゃんが窓からじっとお外を見ています。それに気づいて、みんなで窓の所に行きます。

「にー、ちぇるの？」

『マイケル、何見てるのって』

ドラックに僕の言葉を伝えてもらいます。

「アレだよ。お宿の前に屋台があるんだけど、お菓子を売ってるんだ。とっても美味しそう。可愛い魔獣の形してるお菓子も売っているみたい。ジョーディ見える？」

僕はニッカに椅子の上に立たせてもらって、お兄ちゃんが指をさした先にある屋台をじっと見ます。小さい子だけじゃなくて、大人もかわるがわるお菓子を買いに来てて、そのせいで屋台の中が見えなくて、どんなお菓子を売ってるのか分かりませんでした。

「ちゃの！　くにょよぉ！」

よし！　みんなであのお菓子を売ってる屋台を見に行こう！　それで今日のおやつを買おうよ。僕が食べられる赤ちゃん用のお菓子が売っているか分かんないけどね。もしペロペロキャンディーがあれば、あとはペロペロ舐めるだけだから、僕でも大丈夫です。

僕はニッカに椅子から下ろしてもらって、ドアの所に高速ハイハイで突進します。ドラック達も僕に続いて、それでみんなでドアをパシパシ叩きました。

「どうしたのですかジョーディ様、お外はダメですよ」

ベルがそう言いながら、僕達をお部屋の真ん中に連れ戻します。でもまたみんなでドアにハイハイで突進して、ドラック達とドアを叩きます。

「レスター、ベル。僕が今お菓子の屋台を見せたから、ジョーディ達は行きたがってるのかも」

お兄ちゃんがそう言って、ドラック達がすぐにそうだって言います。

「ですが旦那様(だんなさま)から、宿から出るなと言われています。今日は我慢してくださいませ。旦那様が戻られたら明日は出かけてもいいか聞きますから」

「そっかぁ。パパがダメって言ったんだ。ジョーディ、みんなも、今は我慢だよ。夜にみんなでたくさんお願いしよう」

そんなぁ。もう行く気満々だったのに。僕は今度はニッカにお部屋の真ん中まで運ばれます。その後はみんなでブスッとしながら、レスターが用意してくれたおやつを食べて、ニッカと遊んで過ごしていました。

夕方、外がオレンジ色になったら、レスターとベルとニッカは、お仕事のお話を始めちゃったから、僕達はまた窓の所に行きます。

屋台は最初に見た時よりも、お客さんが少なくなっていました。全部のお菓子は見えなかったけど、それでも半分くらい見えたよ。

たぶんクッキーだと思うんだけど、いつも見る茶色のやつじゃなくて、黄色とか青とか、色々な色で、色々な形のクッキーが置いてあったんだ。ここから見ると、虹色って感じの屋台でした。

それから端っこの方にはたぶんおせんべいがあります。なんかね、うちわみたいに大きくて、魔獣さんの絵が描いてありました。サウキーの絵もあったよ。

あと、屋台の屋根すれすれに、チラッとしか見えなかったけど、ペロペロキャンディーみたいな物も見えました。ペロペロキャンディーだといいんだけどな。

そんなふうに屋台を見てたらすぐ空が暗くなって、街の中が明かりでキラキラ光り始めます。その中をパパ達が歩いてくるのが見えました。お兄ちゃんも気づいて、レスター達を呼んでくれて、みんなで玄関までお迎えに行くことに。それでお宿に入ってきたパパ達に抱きつきました。

「お帰りなさい！」

「ちゃい！」

「なんだみんなして」

みんなでお出迎えしたから、パパはびっくりしてました。

「窓から旦那様方のお姿が見えたので、出迎えたいと」

「そうなのね、ただいま」

レスターから事情を聞いたママが僕を抱っこしてくれて、お兄ちゃんの頭を撫で撫でします。それからお兄ちゃんは玄関の外にいるビッキーの所に行きました。

「今日は外に夕食を食べに行くぞ。宿だとゆっくりグッシーと話ができないからな。さぁ、用意しなさい」

パパがそう言ったので、僕達は元気よく返事をします。

「はい！」

「あい！」

「ジョーディはよくマイケルの真似をするな。言葉を覚えるためにはいいことだ」

パパ、違うよ。僕もちゃんと分かって返事してるんだからね。

お部屋に戻って、お出かけ用の洋服に着替えます。その後、みんなでゾロゾロ外に出ました。それからすぐに、レスターがお宿の後ろにある小屋からグッシーを連れてきてくれて、みんなでグッシーとビッキーに乗って出発です!!

「クイン君の病気について聞きたいんだ。グッシーも小屋で話すより、ゆっくりご飯を食べながら話した方がいいだろう？」

『そうだな』

「その話によっては、色々対策をしないといけなくなるからな」

パパ達、クイン君の話をするみたいです。クイン君の病気は治ったから、それで終わりでしょう？

僕達はそのままどんどん歩いていきます。着いたのはとっても大きなお店でした。お店の中にも外にも席があって、お客さんがいっぱいいます。

「グッシー達がいるからな。外じゃないと食べられないだろう」

ちょうど僕達分の外の席が空いてて、僕はパパの、お兄ちゃんはママの隣に座って、その横にレスター達が座りました。それから周りにグッシー達が座ったから、周りの人達がちょっとビックリしてたよ。パパがメニューを見ながら口を開きます。

「さて、何を食べるか」

＊＊＊＊＊＊＊

「それでクイン君の病気についてだが」

ご飯を注文し終わって、僕がお店の人に、小さな小さなクマさんのぬいぐるみを貰って、喜んでバタバタしてたのが落ち着いてから、パパがグッシーとお話を始めました。

「治してもらってからクイン君の様子を見たが、だいぶ痩せてしまっていて、かなり重病だったことが分かった。なんとか治療が間に合ってよかったぞ。で、一体どんな病気だったんだ」

『それなのだがなぁ。お主達は気づいたのではないか？』

グッシーがローリーの方を見ました。そしたらローリーが頷きます。

「なんだ？　ローリーもクイン君の病気がなんだったのか分かっていたのか？」

『ああ。ただまぁ、あの病気だったら、俺なら治るまで放っておく感じだな』

「放っておく？」

ローリーの言葉に、パパが首をかしげます。

そしたらグッシーが、僕が貰ったクマさんのぬいぐるみを、嘴で挟んで取り上げました。でもすぐに僕の方に投げ返してきながら答えます。

『アレは魔獣病だ』

魔獣病？　何それ？　そんな病気があるの？　パパも知らなかったみたいで、グッシーに聞いてます。今度はローリーが答えました。

『人間でいう風邪と同じものだ』

クイン君は風邪だったの？　でも、ずっと苦しんでて、ずっと寝てたんだよ。僕とパパが悩んでいると、ローリーが僕達に説明してくれました。

僕達が風邪をひくと、すぐにラオク先生みたいな、お医者さんに治してもらうでしょう。あと怪我とかはパパが使うヒールで治してもらえます。魔獣さん達も具合が悪かったり、怪我をしたりしたら、お医者さんに治してもらってました。

でも時々、魔獣さん達の病気が治らない時があります。どんな時かっていうと、それは魔獣さんだけがなっちゃう病気の時です。これはローリーとグッシー達が、街に住んでて分かったことみたいなんだけど、病気は、人が罹る病気と、人と魔獣さんが罹る病気、それから魔獣さん達だけ罹る病気、この三つに分かれてるんだって。それで、魔獣さん達だけ罹る病気のことを『魔獣病』って呼んでるみたいです。

人間の治癒魔法が、魔獣さん達に効かないのは、『魔獣病』に罹っている時。どうしてかは分からないけど、魔獣病の時は、治してもらったのを見たことがないんだって。

「おい、それは初耳だぞ。ローリー、今までお前が体調を崩した時に、何回か治癒師を呼んで治療してもらっていたが、その時具合がすぐによくならなかったのは、その魔獣だけが罹る病気だったからか？　なぜ言わなかったんだ」

『魔獣だけが罹る病気は、自然にさっさと回復するのだ。よく思い出してみろ。治癒師が治せなくても、俺は二日もすれば元に戻っていただろう。大したことのない病気だから、言う必要はないと思ったのだ』

『我らもローリーと同じだ。人に罹ることがなく、しかも我々はすぐに治る。そんな病気のことをいちいち言わなくともよかっただろう。それに、ローリーなら話せたかもしれないが、我らは人と話すことはできなかったからな』

「む、そうか。グッシーはそうだな。しかし、そんな魔獣だけが罹る病気があるなんて知らなかった。これは陛下に報告しないといけないな」

『クインはその、魔獣だけがかかる病気、魔獣病に罹っていたのだ』

「だが魔獣病は、魔獣しか罹らないのだろう？」

その理由が、ローリーにもグッシー達にも分からないらしいです。パパが、人にも罹る病気だったのにローリー達が勘違いしたんじゃないかって言ったんだけど、グッシーは魔獣病で間違いないって言いました。

それと、パパ達がお仕事から帰ってくるまでに、ローリーとグッシーはお話ししたみたいです。

ローリーが、

『もしかしたらクイン君は、お祭りの時に魔獣病に罹ったのかもしれない』

って言いました。

クイン君が病気になったのはお祭りのあとで、クイン君は魔獣さんとたくさん遊びました。その遊んだ魔獣さんの中に、魔獣病に罹ってる魔獣さんがいて、どうしてかは分からないけど、それがクイン君にうつっちゃったんじゃないかって。

魔獣病は魔獣さん達しか罹らない、人が治せない病気。だから最初にクイン君を見てくれた先生は、クイン君を治せませんでした。少しだけ具合はよくなったけど、でもすぐに悪くなっちゃいました。

その後にロストが、クイン君のことを治しに来た時も、よくなったように見えただけで、本当は全然治ってなかったんじゃないかってグッシーは言いました。ロスト達は嘘をつくのが得意だから、そう思わされたんだろうって。

『それでさっきの、人には治せないという話に戻るのだが』

グッシーは続けます。魔獣病は、魔獣さんの治癒魔法でなら治せるんだって。だからグッシーは自分で魔法を使って治してたらしいです。

まとめると、人だけ罹る病気、人と魔獣さんが罹る病気、魔獣さんだけ罹る病気があります。それから人に効く治癒魔法、人と魔獣さん両方に効く治癒魔法、魔獣さんが使える、魔獣さんだけに効く治癒魔法がある、ってことみたいです。

『ちなみに、今回我が治した魔獣病だが、人間でいう軽い風邪ってところだった。ただ我々魔獣には大したことがない病気でも、人間であるクインが罹ったことで、思いもよらない、重い症状となった可能性がある』

『しかしだ、そうは言ってもオレ達にとっては軽い魔獣病だからな。すぐにグッシーの魔法で治せたんだ』
そっかぁ。やっぱりグッシーがいてくれてよかったね。そうじゃなくちゃ、クイン君の病気は治らなくて、地球の僕みたいになってたかも。ふう、よかったよかった。グッシーありがとうね。
「はぁ、クイン君の病気が治ったのは嬉しいが、報告しなければいけないことが山程あるな」
その横では、パパがとっても困った顔をしてました。

＊＊＊＊＊＊＊

クイン君の病気をグッシーに治してもらってから五日が経ちました。今日も僕達は朝から、ママのお片付けのお手伝いです。

ほら、この街に着いた時、いくつか家が壊れちゃってて、その家のゴミがお山になってる所があったでしょう？　だから僕達は、この五日間そのゴミを片付けるお手伝いをしてるんだ。ほとんどグッシーとビッキーが片付けてるけど……でも、僕達だってできるお手伝いはしてるんだよ。ええと、グッシーに指示する係とか。

午前中、僕はグッシーに乗って、このゴミを運んでって指示する係をやりました。その指示したことをグッシーに伝えるのが、ポッケとホミュちゃんとミルクです。お兄ちゃんもビッキーに乗っかって指示する係でした。

ドラックとドラッホはドラックパパ達と一緒にゴミを運んでました。今は僕達とは少し離れた所でゴミを片付けてます。最初は僕と一緒に指示してたんだけど、ドラックパパ達が大きなゴミを片付けるのを見てたら、自分達もやるって言って、向こうに行っちゃいました。でもドラック達はまだ小さいから、小さい木の棒を片付けているみたいです。

それで午前中のお片付けが終わったら、お昼ご飯を食べにお宿に戻りました。それから僕達はお昼寝します。その間もグッシー達はお片付けをしてました。お昼寝から起きたらおやつを食べて、またグッシー達の所に向かいます。

でも戻ったら今度はグッシーに指示する係じゃなくて、ちゃんと僕もゴミを片付けます。グッシー達は、大きいゴミを片付けるのは楽々ヒョイって感じだけど、小さいゴミを片付けるのはちょっと苦手です。体が大きいせいで、小さいゴミは上手く持てません。だからそれを僕達が片付けるんだよ。

片付けには僕達だけじゃなくて、騎士さんとか冒険者さんとか、いっぱい人がいます。だから、僕はみんなの邪魔にならないように、端っこの方で片付けをします。僕は自分で持てるギリギリの小さいゴミを持って、それをドラック達の所によちよち運びます。さらにそれをドラック達がまとめて運んでくれます。そんな僕の洋服を掴んで支えてくれていてるのがニッカです。ゴミいっぱいで、引っかかると危ないもんね。

「急にあのやたら速いハイハイをして、どこかに行かれたら困る。あんなに速いハイハイは見たことがない。気を付けなければ」

ボソボソ何か言ったニッカ。何？　ハイハイがどうかしたの？

それからだいたい夕方までお片付けをしました。いつもパパがその頃に迎えに来てくれて、みんなでお宿に戻って夜のご飯を食べます。

パパはお片付けじゃなくて、別の場所でお仕事しているみたいです。クイン君の病気のことについてまとめる仕事だって。作る書類がいっぱいだって、二日前の夜のご飯の時に、ブツブツ文句を言ってました。

『もうすぐジョーディパパが帰ってくる時間だね』

ポッケにそう言われてお空を見たら、少しだけどオレンジ色になってました。

『ゴミもほとんどなくなったなのぉ』

『大きいゴミは、あそこに残ってるだけなんだな』

今度はホミュちゃんとミルクの言った方を見ます。そこにはグッシー達がいて、それから大きなゴミが少しだけあったよ。本当だね。他の場所はもうお片付けが終わってるから、大きいゴミは、グッシー達の前にあるやつだけだね。この街のゴミも、使えるゴミはまた使うってママが言ってました。

ポッケ達とお話ししてたら、後ろの方からパパの声が聞こえました。

「ルリエット、マイケル、ジョーディ！」

振り返ったらパパが、僕の方に手を振りながら歩いてきてました。僕はニッカに抱っこしてもらって、ゴミの木の棒を持ったままパパの方に行きます。ちょっと向こうでお片付けしてたお兄ちゃんは走って、先にパパの所に行きました。

「パパ！　おかえりなさい！」

「ぱーぱ！　ちゃない!!」

「ただいま」

「あなたお疲れ様」

「ルリエットも片付けお疲れ様。予定通り片付いたみたいだな」

「ええ、グッシー達のおかげでね。もちろんマイケルやジョーディ達も頑張ってくれたおかげよ」

「そうか。グッシー達ありがとう。マイケル、ジョーディ達もありがとう。お手伝い偉いぞ。みんなのおかげで、街のゴミがなくなって、かなり綺麗になった」

パパが僕達の頭を撫でてくれます。えへへ。褒められちゃった。嬉しいなぁ。僕は持ってた木の棒を振り回します。そしたらその棒がバシバシってニッカの頭に当たっちゃいました。

「こら、危ないだろう」

せっかくパパに褒めてもらったのに、すぐに怒られちゃったよ。ごめんねニッカ。僕はニッカの頭を撫で撫でしながら、ごめんなさいしました。

「ねぇ、ジョーディ、その木の棒、アレに使えるんじゃない？」

お兄ちゃんがそう言います。アレ？　なんのこと？　聞こうと思ったんだけど、パパがお話は後にしなさいって言って、それから後ろを振り返って、誰かのことを呼びました。

「ストール、来てくれ！」

パパの隣に、パパよりちょっと背の低い、カッコいい騎士さんが立ちました。

「彼はストール。パパの知り合いで、王国で騎士をしている。マイケル、ジョーディ、挨拶だ」

「ストールさんこんにちは。マイケルです！」

先にお兄ちゃんが挨拶をして、次に僕が挨拶です。

「ちゃっ!!」

それから僕の隣にドラック達が並んで、ポッケとホミュちゃんは僕のポケットの中から、ストールさんに挨拶しました。でもポッケ達が挨拶した時、ストールさんが首をかしげてて、僕達もあれ？ってなります。

『あっ、ドラックパパ達の魔法、かけてもらってないよ！』

ポッケが大きな声でそう言いました。あっ！　忘れてた！　そうだよね。普通の人は魔獣さんの言葉は分かんないんだもんね。このごろ、すぐに魔法のことを忘れちゃうよ。パパもドラックパパ達も時々忘れてるし。

すぐにドラックパパに、言葉が分かるようになる魔法を使ってもらいます。

「これは……本当に契約していなくとも、話ができるのですね」

ストールさんはとっても驚いてました。魔法のおかげでお話ができるようになったストールさんは、グッシー達にありがとうをします。悪い人達を捕まえたり、街のゴミのお片付けしたりしてくれてありがとうって言ってました。

『ふむ、なんてことはない。ジョーディ達のためだからな』

グッシー達がフフンってお顔をしてます。

それからストールさんが、また僕達の方をじっと見てきて、いきなり顔がデレデレになりました。さらに僕達にそっと近づいてきて、みんなのことを撫でてもいいか聞いてきました。

パパがね、ストールさんは魔獣さんが大好きだって教えてくれたよ。ストールさんの家には、魔獣さんがいっぱいいるらしいです。その魔獣さんは、無理やり契約したり、魔獣さんとの勝負に勝って、契約したりした魔獣さん達じゃないんだって。

色々な所で怪我をして、治療しても治らなくて、もう自然に帰れない魔獣さんを保護してるらしいです。

ストールさんの家もとっても大きくて、お庭に魔獣さん達用の家を作って、そこでみんな暮らしてます。グッシー達がいた魔獣園みたいな感じなのかな？　魔獣園も怪我をした魔獣さんがいっぱいいいたもんね。

ストールさんは魔獣さんが大好きで、怪我をした魔獣さん達を放っておけなくて、すぐに連れて帰ってきちゃうみたいです。お庭にある家には、もうこれ以上魔獣さんが住めなくなっちゃったんだって。だから家の隣の、誰も使ってなかった土地に新しく、魔獣さんの家を作ったらしいです。

そっか。そんなに魔獣さんが大好きなんだね。僕はストールさんがみんなのことを撫でるのは賛成です。だってそれだけ魔獣さんを大切にしている人なら、ドラック達にも優しいはず。でも、ドラック達はどうかな？　ドラック達が嫌ならダメだよね。

僕はドラック達に聞いてみました。ドラック達はコソコソお話しした後いいよって言いました。それを聞いたストールさんの顔が大変なことになりました。さっきよりもさらに、へにゃぁってデレデレの顔に。

みんながちょっとだけストールさんから離れました。それを見てたパパが、あんまりデレデレしてると、家にいる魔獣さんみたいに、嫌がられるぞって言いました。え？　嫌がられてるの？　やっぱりやめてもらった方がいい？

『僕、撫でてもらうのやめようかな』

『ね、あんまり近づいちゃダメなのかも』

ドラックとドラッホがそうお話を始めました。

「みんな大丈夫よ」

ママが僕達の前に立ちます。なんかね、ストールさんは魔獣が好きすぎて、お家で今みたいにデレデレのままずっと魔獣さん達といるらしいです。それでお仕事が遅れて、ストールさんの家の使用人さんが、いつも怒りにくるんだって。

魔獣さん達はみんなストールさんのことは大好きなんだけど、でもこのデレデレした顔と、なかなか戻らなくて怒りに来る人のことが嫌いなの。だから時々魔獣さん達は、ストールさんから離れようとするんだって。そっか。みんな怒られるのは見たくないもんね。

「危ない危ない。気を付けないと撫でさせてもらえなくなってしまう」

ストールさんがキリッとした顔に戻りました。それを確認したドラック達がそっとそっとストールさんの前に行きます。ポッケとホミュちゃんもポケットから出てきて、ドラックとドラッホの背中に乗ってストールさんの前へ出ました。

そんなドラック達の背中をそっと撫でたストールさん。背中を撫でた後は、ちゃんとドラック達に頭を撫でてもいいか聞いてから、今度は頭を撫でました。

でも撫でてるうちに、だんだんとストールさんの顔がまたデレデレになっていきます。本当に魔獣さんが大好きなんだね。

頭を撫でるのが終わって、ドラック達は僕の隣に戻ってきました。ストールさんはとっても寂しそうにしています。そうだ！　ちょっと待っててね。いいものを見せてあげるから。

僕は戻ってきたドラック達とお話しします。

『そうか、どうしよっか。ドラッホはどう思う？』

『ボクは別にいいよ』

ドラックとドラッホは賛成してくれたみたいです。ポッケはどうかな？

『僕も。あのデレデレ顔はあんまり好きじゃないけど』

『でもホミュちゃん達に優しいなの』

『オレもデレデレ嫌いだけど、優しいのは好きなんだな！』

ミルクも賛成してくれて、みんな、アレをやってくれるみたいです。じゃあ、みんなで並んでタイミングを合わせよう！

「ちてぇ、にょ？」

みんなが頷きました。みんなで一列に並びます。ストールさんが不思議そうな顔をして僕達を見てます。

「ちぇの！」

僕がせーのって言って、みんなであのほっぺたを凹ませる顔をします。特別だよ。僕達のお気に入りだから、本当は初めての人には、見せません。だけど、みんなに優しいストールさんだから見せてあげてるんだからね。どう？　面白いでしょう？

「こ、これは」

僕達のお気に入りの顔を見たストールさんは言葉を詰まらせています。あれ？　どうしたの？

「ラディス先輩、私は嫌われたのでしょうか？」

ストールさんがとっても寂しそうな顔をしながら僕達を見てきます。今にも泣いちゃいそうです。どうしたのストールさん？　僕達の大好きな面白いお顔だよ？

「ああ、ストール。これは別にお前が嫌われているわけではないぞ。それどころか気に入られたと言ってよいだろう」

「え？」

『この顔は、今ジョーディ達のお気に入りで、よくこの顔をするんだ。ただ、初めて会った人間にこの顔を見せたのは初めてか？　よかったな』

ローリーがお話ししてくれます。

「これは喜んでいいことなのですか？」

ローリーのお話を聞いて、ストールさんは今度は何かを考える顔になりました。ストールさん、この顔があんまり好きじゃないのかな？　そうだ！　一度ストールさんもこの顔をしてみるといいよ。そうすればこの顔が楽しいって分かるはず。

僕は、ニッカに頼んでストールさんの方に行ってもらいます。それでストールさんの前に行ったら、またあのほっぺたを凹ませる顔を見せてあげたよ。

「ちょのぉ」

今のはやってみてって言ったんだけど、ストールさんはもっと考える顔になっちゃった。すぐにドラックに伝えてもらいます。

『今ジョーディはやってみてって言ったんだよ。ストールおじさんもやってみて』

『そしたら楽しいの分かるよ』

『みんなでやるなのぉ！』

ドラッホやホミュちゃんにそう言われて、ついにストールさんは困った顔になっちゃいました。

それからストールさんは何秒か考えた後、マントを外して持ち上げて、顔の周りをマントで隠して、それから一度目を瞑った後に、ほっぺたを凹ませました。

よかった。ちゃんとやってくれた。でも……ストールさんがやってくれたのは一瞬だけでした。すぐに元通りの顔に戻っちゃったんだ。それからちょっと顔が赤くなってました。なんですぐにやめちゃったの？　今のでほっぺたを凹ませるのが楽しいって分かった？

僕は手を振って、もう一回やってみてって伝えます。手を振ったから近くにいたグッシーに、持ってた木の棒がバシバシ当たっちゃって、ママに怒られちゃったよ。もう、ストールさんがすぐにやめちゃったからだよ。

『もう一回やって！』

『すぐやめちゃったら、楽しくないんだな！』

ドラック、それにミルクがもう一回やってってストールさんに言います。

「こら、無理にさせるんじゃない！」

パパが怒ります。ドラックパパ達も注意します。そしたらポッケが、

『やってくれないの……？』

って言って、とっても寂しそうな顔になって、しょんぼりしちゃいました。

「くっ、彼らにそう言われたら、やらないわけには」

ストールさんがもう一度マントを持ち上げて、今度はさっきよりも少しだけ長くやってくれました。ストールさんのお顔は真っ赤です。それから困ったお顔をヒクヒクさせながら笑ってます。

笑ってるってことは楽しかったたってことだよね。

そんなストールさんを見てたら、ポッケが僕の肩に登ってきて、ストールさんに楽しいでしょうって言った後、今度は僕にだけ聞こえるように、ボソッと、

『ストールさんにお願いするなら、寂しい顔してお願いするとやってくれるよ』

って言いました。

「ほら、もうそれは終わりだ。ストール、すまなかったな。ジョーディ、みんなもストールにお礼を言いなさい。あんな恥ずかしいことを二回もやってもらったんだから」

恥ずかしいこと？　楽しいことだよ。でもストールさんは僕達がやってって言ったら、ちゃんと二回やってくれたもんね。僕達はみんなでありがとうしました。

この後はお宿に戻らないで、ストールさんと一緒に、どこかでご飯食べるみたいです。

僕が持ってた木の棒を、向こうに投げようとした時でした。お兄ちゃんが捨てないでって言ってきたんだ。僕はお兄ちゃんに木の棒を渡します。

「きっとアレを作るのにちょうどいいと思うんだよね。頑張ろうっと」

お兄ちゃんがママに袋を貰って、その辺に落ちてた木の棒や、色んな形の木の破片を、どんどん

袋の中に入れていきます。すぐに袋はパンパンになっちゃいました。お兄ちゃん、それ持って帰るんだって。何するのかなぁ？　袋はビッキーが紐を咥えて持ってくれました。

僕達はそれぞれグッシーとビッキーの背中に乗ります。

夜のご飯は、パパ達は大きなステーキで、お兄ちゃんは小さなステーキでした。僕の分は口に入れたらすぐに溶けてなくなっちゃうくらい、とっても柔らかいお肉が入ったスープだったよ。すっごく美味しかったです。

ご飯の時に、パパ達がお話ししてたんだけど、僕達はもうすぐ自分のお家に帰るんだって。アルビートにいるのはあと二日くらい？　明日から帰りの準備するって言ってました。

そっかぁ。もう帰るんだね。今度はいつここに連れてきてもらえるかなぁ。今度来た時はクイン君が元気になってるといいなぁ。

そうだ!!　お家に帰る前に、ニッカにもう一度クイン君に会ってきてって言わなくちゃ。だって、これからニッカはずっと僕の家で働くんだから、すぐに会いに来られないでしょう。もう一回会って、お話はできないかもしれないけど、いってきますって挨拶した方がいいよ。あとでちゃんと言わなくちゃね。

あとは帰る前に、この街のおもちゃ屋さんに連れて行ってもらえないかなぁ。見たことのないおもちゃが売ってるかもしれないし。パパ、買ってくれないかなぁ。

＊＊＊＊＊＊＊

ストールさんとご飯を食べてから二日が経ちました。パパ達がお話ししてた通り、これから僕達はお家に帰ります。だから昨日はみんなとっても忙しそうにしてました。

あと、この前ご飯食べた後、僕はニッカにクイン君に会ってきてって、忘れずにお話ししたよ。最初は、僕の護衛としての仕事がとか言ってたけど、パパに、この前伝えたことを忘れたのか？って言われたら、納得したみたいです。

だからニッカは、昨日の午前中はパパのお手伝いして、午後は夜のご飯の時間まで、グッシーとクイン君の所に行ってました。帰ってきたニッカに、クイン君起きた？って聞いたんだけど、まだ寝てるって言われました。

あっ、でもね、この前僕達が行った時よりも元気になってきてるってグッシーが言ってたよ。グッシーが元気になる魔法を使ってくれて、もっと具合がよくなったみたいです。思っていたよりも早く起き上がれるようになるかもって言ってました。クイン君、僕がプレゼントしたおもちゃ、喜んでくれるかなぁ。

それから事件がありました。ニッカと一緒にクイン君に会いに行ったグッシーに、悪いことをしようとしてきた人達がいたんだって。でもグッシーとニッカはとっても強いから、すぐにその人達をやっつけたらしいです。

やっつけたんだけど……そのやっつけた人達を、グッシーがゴミ捨て場に蹴飛ばしたせいで、あっちこっちにゴミが散らばって大変なことになっちゃいました。それとね、そこはとっても臭くて汚い生ゴミとかを集めた場所だったんだ。

騎士さん達が、その悪い人達を冒険者ギルドまで連れて行ったことで、臭(にお)いが街中に広がりました。それに驚いた人達が、また何か事件があったのかって騒ぎ始めて、戻ってきたグッシーが、パパにとっても怒られてたよ。グッシーにイタズラしようとした人達が悪いのにね。僕はたくさんグッシーのことを撫で撫でしてあげました。

結局臭いは、グッシーとビッキーが風の魔法で、なんとか吹き飛ばしてくれました。夜になるまでには臭いがなくなって、街はいつも通りになったよ。グッシーや他の人達、建物についちゃった臭いは、ドラックパパ達が浄化しました。臭いがなくなって、いつもの街に戻ってよかったぁ。

「旦那様、馬車が到着いたしました」

「分かった。よし、みんな出発だ」

ベルが馬車がお宿の前に来たことを伝えてくれて、僕達は部屋を出てお宿の一階に行きます。みんなでお宿のおじさんにさようならした後外に出ます。外に出たらストールさんがいました。お見送りに来てくれたみたいです。

その時、僕達はストールさんとお約束をしました。とっても大切なお約束です。

ストールさんの家はアースカリナと、そのすぐ近くにある別の街、両方にあるんだって。お仕事してる時はアースカリナの家に住んでて、お休みの時に本当の家に帰るんだって。魔獣さん達は本当の家の方にいます。

それでね、今度アースカリナに行ったら、次はストールさんの家に行くって、ストールさんとお約束しました。魔獣園にも行くけど、ストールさんの家にいる魔獣さんにも会いたいんだ。

今じぃじ達は僕の家にいるけど、僕達が帰ったらじぃじ達も自分達の家に帰ります。そうしたら今度は僕達がじぃじ達の家に遊びに行けばいいよね。それでアースカリナとストールさんの家に行って、魔獣さんと遊びます。うん！　とってもいい計画!!

お兄ちゃんとママが馬車に乗って、続いてドラック達が飛び乗ります。僕はパパに乗せてもらって、最後にパパが馬車に乗りました。ベル達は後ろの馬車に乗ったよ。

「それじゃあ、あとは頼んだぞ、ストール。こちらでもまだ調べることは残っているからな。何かあればすぐ知らせてくれ」

「かしこまりました。何かあればすぐに連絡いたします。それでは道中気を付けて」

「ストールおじさんさようなら!!」

「ちゃの!!」

『『さようなら！』』

ストールさんがニコニコしながら僕達に手を振ってくれます。ストールさん、約束忘れないでね。僕達絶対に遊びに行くからね。

馬車がガタンッて音を立てて進み始めました。グッシーや、ローリー、ドラックパパとドラッホパパはいつもみたいに馬車の近くを歩いて進みます。

僕達は窓から顔を出してストールさんに手を振ります。ストールさんも手を振ってくれました。そうしてストールさんが見えなくなってから馬車の中に戻りました。

「さぁ、家を出てずいぶん経つが、私達の街に帰ろう」

ついに家に帰れるんだ。なんだか嬉しいなぁ。飼ってるサウキー達は元気かなぁ？

そういえば、どのくらい馬車に乗れば家に着くんだろう。あれ？

僕は大切なことを聞くのを忘れてました。家に着くまで何回お泊まりをするの？　どのくらい馬車の中にいればいいの？

街の門を出て、僕はまた窓から頭を出してドラック達と小さくなっていくアルビートの街を見ます。今度遊びに来る時は元気になったクイン君と一緒に遊べますように。グッシーが魔法を使ってくれたから、きっと元気になってるはず。またねクイン君。

ずいぶん街から離れて、街の壁も小さくなってから、僕達は馬車の中に戻りました。よし!!　家に帰るまで、どのくらいかかるか分かんないけど、なるべく頑張って、飽きないようにしなくちゃ。

と、思っていたんだけど、街を出て五日目。僕は今パパのお膝に乗っかって、仰向けにだら〜んとしてます。それから口を「う」の形にしてます。飽きちゃった。なんにもすることがなくなっちゃったんだもん。持ってきたおもちゃも全部遊んじゃったし、絵本ももう何回も読んでもらったし。つまんない!!

「にょ、にゃにょねぇ」

僕はドラック達に暇だねって話しかけます。

『ねぇ、飽きちゃったね』

『僕もボール遊び飽きちゃった』

『すぅすぅ』

『ポッケはずっと寝てるのなのぉ。つまんないなの』

『オレも飽きちゃったんだな』

みんなでブーブー口を尖らせます。僕はもっとだら〜んとして、どんどんズレてそのまま下に落ちそうになりました。そんな僕をパパが慌てて元の位置に戻します。

「はぁ、頑張ったほうか」

「そうね。ここまでよく静かにしていてくれたわ」

「ちゃのぉ!!」

飽きたよ!!　僕はバタバタ暴れます。あんまり暴れたからまたパパのお膝から落ちそうに。パパが僕の気分を変えようとして、馬車の中だけど、『たかいたかい』をしてくれます。でも、『たかいたかい』じゃなんにも変わらないよ。

また僕がバタバタしようとした時でした。お兄ちゃんがクスクス笑って、袋の中をゴソゴソし始めました。僕は暴れるのをやめて、お兄ちゃんを見つめます。ドラック達も木の実のカゴから出てきて、お兄ちゃんの足元に集まりました。

「この前ジョーディが飽きちゃって、だら〜んってなっちゃったでしょう。だから僕、いい物作ってきたんだ。色々作ってきたんだけど、まずこれから遊ぼう」

お兄ちゃんがゴソゴソしてる袋は、この前の片付けから帰る時、木の棒とか、木の破片とかを入れてた袋です。馬車に乗る時は毎回、お兄ちゃんの隣に置いてあったんだ。いつもはパパやママが持ってきてくれる、僕達が遊ぶおもちゃが入ってる鞄だけなのに。なんで持ってくるんだろうって思ってました。

お兄ちゃん今作ったって言ったよね。あの棒とか木の破片で何を作ったのかな。ドキドキ、わくわくしながら、お兄ちゃんが何を出すのか待ちます。

最初にお兄ちゃんが出したのは木の棒でした。

「これはジョーディがこの前持ってた木の棒だよ。上手に遊べるといいなぁ」

木の棒には何かが巻いてあって、それをほどくとキラキラした長いリボンになりました。それからリボンの先にはボンボンが付いてます。

「ローリーの新しいボンボン棒だよ。全部僕が一人で作ったの。いつものよりもリボンが長くて、キラキラしてるんだ」

「あら、何を作ってるのかと思ったら、それを作っていたのね。とっても上手にできているわ」

「ああ、上手じゃないか」

「まず僕がやってみるから、次がジョーディ達ね」

「よし、それじゃあ一旦馬車を止めて休憩しようか」

パパがそう言って、馬車を止めます。遊べるの？　やったあ！

お兄ちゃんが棒を軽く動かしてたら、ドラッホがもう遊びそうになりました。でもお兄ちゃんがすぐに棒を窓から出しちゃったから、ちょっと残念そうな顔になったよ。

僕はパパに抱っこしてもらって、窓から顔を出しました。お兄ちゃんがローリーを呼ぶと、すぐに僕達の馬車の下まで来てくれました。お兄ちゃんが棒をヒョイヒョイ振り上げると、いつもよりもリボンが長いから、リボンの先のボンボンが高く上がります。

ローリーが高くジャンプして、ボンボンに触って一回転して着地します。僕達はそれを見て拍手です。

そんなローリーを見ていたドラッホパパが、オレにもやらせろって言ってボンボンに向かってジャンプしました。ドラッホパパはボンボンに触ったら、二回転して着地。凄い！　またまた僕達

は喜びます。その後もお兄ちゃんが棒を振るたびに、ローリー達は違うことをしてくれました。二匹同時に飛んで片方の手で同時にボンボンにタッチして、どっちが長く空中で、何回技ができるか勝負してたよ。二匹とも負けないいって張り合ってて凄かったです。

次に棒を振るのは僕です。いつもみたいにパパと一緒に棒を持ってブンッ!! 思いっきり棒を振ります。ボンボンはいつもより高く上がりました。

その瞬間僕の横から何かが飛び出して、ボンボンにくっ付きました。ドラッホが窓から飛び出して、ボンボンに飛び付いたんだ。それでボンボンを掴んだまま下に落ちてきて、地面に落ちる前に、ドラッホパパが慌てて受け止めます。

『何をしているんだ、危ないだろう』

『ボクも遊びたい!!』

ドラッホが外に出て遊び始めちゃったから、僕は高く飛ばさないで、釣りみたいな感じで遊びました。僕も高く飛ばしたかったのに。でもドラッホだって遊びたいもんね。僕はまたあとでやればいいや。

「やっぱりドラッホのおもちゃになっちゃった。そうなるかなぁって思ったんだけど」

そうお兄ちゃんが言います。ドラッホをうらやましそうに見るドラック達。みんないいなぁって言ってます。そしたらお兄ちゃんがニコッて笑いました。

「えへへ、僕、みんなにも色々作ってきたんだよ。だから大丈夫」

それを聞いたドラック達が、やったぁって言って馬車の中を飛んだり跳ねたりします。

「マイケル、ずっと部屋から出てこなかったのは、あの棒を作っていただけでなく、他のおもちゃも作っていたからなのね」

「うん！　待っててね。今出してあげるから」

お兄ちゃんがまた袋をガサゴソします。僕は何が出てくるのか気になって、棒を放しそうになっちゃいました。そうしたらドラックパパが棒を貸してくれって言ったので、パパが棒を渡して、ドラッホパパが僕の代わりに、ドラッホと遊び始めました。ドラッホパパは棒を咥えて、上手にボンボンを上げてます。

「まずドラックね」

お兄ちゃんが袋から手を出しました。

そのおもちゃは、骨の形をしている木に、ロープがグルグル巻いてあるものでした。お兄ちゃんはその木の骨のおもちゃを、ドラックの前に置きました。

「ちょうど骨の形をしてる木があったから、それにロープを巻いてみたんだ。そのまま木を噛んだら、ドラックだとすぐに壊しちゃいそうだし、それに壊れた木が口に刺さったら危ないでしょう。だから安全のためにロープを巻いたんだ。あとロープなら切れてもまた巻いてあげられるし」

説明を聞いて、ドラックが骨のおもちゃに噛みつきます。それをポンッて投げて、自分でキャッチ。ドラック上手だね。

『ありがとうマイケルお兄ちゃん‼』

ドラックはありがとうをしてそのまま遊び続けます。そしたらお兄ちゃんの前に、ブラスター、ポッケ、ホミュちゃん、ミルクの順番に並びました。みんなお兄ちゃんが作ってくれたおもちゃが早く欲しくて、ちゃんと順番に並んだみたいです。僕のもあるのかな？　僕も並ぼう。みんなが並んでるから、床には立てなくて、僕はパパの膝に座って順番を待ちます。

ブラスター用の木のおもちゃは、剣と盾みたいな形をしていて、カッコいい模様が描いてありました。

ブラスターは騎士さんが大好きです。騎士さんを見るといつもカッコいいって言ってました。だからお兄ちゃんは剣と盾に似た木に模様を描いて、カッコいいおもちゃにしたんだね。すぐにブラスターが騎士さんの真似を始めました。

ポッケには平べったい、色々な形をした木の板がはまってるおもちゃを渡してました。パズルみたいに遊べるおもちゃです。お兄ちゃんが板にはめるの大変だったたって言ってました。ポッケは積み木みたいな、色々な物を組み合わせて遊ぶおもちゃが好きなんだ。だからとっても喜んでました。

ホミュちゃんのは、木の実の形をしている、宝物みたいにキラキラした木のおもちゃが三つでした。転がすと、キラキラの色が変わって見える、とっても不思議なおもちゃです。なんかね、色が変わって見える絵の具があって、それを塗ったんだって。

ミルク用のおもちゃは、人参の形をしてる木がいくつか紐で繋がれたものでした。紐の端っこは、それぞれ輪っかになってて、壁に吊るせるようになってるんだ。ミルクはお兄ちゃんが両手でぶら下げてる人参を楽しそうに蹴ってます。

「ミルク、この人参は、他の木よりも硬い木で出来てるんだ。だからちょっとかじっても大丈夫だし、蹴る練習もできるよ」

お兄ちゃん凄いね。全部お兄ちゃんが一人で作ったの？　僕がビックリしてたら、パパとママもビックリしてました。

「まさかマイケルが、こんなに工作が上手だなんて。ママ驚いたわ」

「私もだ。凄いじゃないかマイケル」

「えっとね」

パパとママに褒められて、ちょっと困った顔をしたお兄ちゃん。

「作るのが難しい物もあって、それはベルに手伝ってもらったの」

「そうか。だがそれはマイケルにとっては大変な作業だったんだろう。そういうことは、無理してやらなくていいんだ。今回みたいに大人に頼ればいい。それよりも、マイケルが一人で考えたということが大切なんだぞ。よく考えて作ったな」

えへへって笑うお兄ちゃん。僕はみんなのお話に割り込みます。僕には？　僕にもおもちゃ！

「ちゃ！　くにょよぉ！」

『マイケルお兄ちゃん、ジョーディのはって言ってるよ』

骨のおもちゃを噛みながら、ドラックが伝えてくれます。

「あっ、待ってね。ちゃんとジョーディのもあるからね」

やったぁ!! 僕のもちゃんとあるって。お兄ちゃんがまた袋の中をガサゴソして、僕はわくわくしながら待ちます。

「ジョーディにはこれだよ。他にもまだあるけど、いっぺんに出しても、全部は遊べないから」

お兄ちゃんが出したのは、馬車に似てる形の木でした。それからお兄ちゃんは袋に手を入れて、またガサゴソし始めます。今度は四角い入れ物を出して、それを開いたら、中にはクレヨンみたいな物が入ってました。

「ああ、そういえば持ってきていたな」

それを見て、パパがそう言いました。僕は家でお絵描きする時、舐(な)めちゃっても大丈夫な色鉛筆(いろえんぴつ)を使っています。このクレヨンもその色鉛筆と一緒で、口に入れても大丈夫なお絵描き道具なんだって。

でもその色鉛筆と違うのは、色鉛筆は紙にしかお絵描きできないけど、このクレヨンはどんな物にもお絵描きができちゃうってこと。紙でも木でも石でもなんでも、お絵描きできちゃうんだって。

お兄ちゃんがまた別の木を袋から出して、クレヨンでその木に何か描き始めました。少しして見せてくれた木には、サウキーの絵が描かれていました。

「これでジョーディの好きなように絵を描いて、ジョーディだけの乗り物のおもちゃ作れるよ」

「にょおぉぉぉぉぉぉ!!」

　僕、嬉しくて手を上げて叫んじゃいました。後ろでパパの「痛っ」って声が聞こえたけど気にしないもんね。お兄ちゃんに木とクレヨンを貰った僕は、その隣に座って、さっそく木を塗ってみます。

「これは上から別の色を塗ったら、その色に変わるから、失敗してもいくらでも描き直せるのがいいわよね」

「痛たた……そうだな。子供が絵を描くにはちょうどいい道具だな。お～痛い。ヒール！」

　パパ達の話を聞いて、僕は別のクレヨンで塗った上からまた塗ってみます。本当だ、ちゃんと色が変わる！　このクレヨン面白いね。

　そうして休憩が終わって馬車が動き出してから、その日お泊まりする街に着くまで、みんなお兄ちゃんに貰ったおもちゃで、ずっと遊んでました。

　もちろん次の日からの馬車の中でも、お兄ちゃんが作ってくれたおもちゃで遊びます。みんなでおもちゃを交換して遊んだりもして、馬車の中で全然飽きたりはしません。僕は今日は最初に、ポッケのおもちゃを借りたんだ。

　午後からは昨日途中だった、馬車の色塗りです。どんな色の馬車にしようかな？　色々考えながら塗っていきます。

　お兄ちゃんは他にも、塗れる木はいっぱいあるからねって教えてくれました。だから最初は模様とか考えないで、塗るだけにしようかなって思いました。昨日少しだけ使ったクヨンで模様を描くのは、もう少し慣れてからの方がいいかなって。あっ、クヨンっていうのは、このクレヨンみたいな道具の名前です。昨日お宿に着いてから、お兄ちゃんに教えてもらったんだ。

よし！　まずはてっぺんから塗っていこう！　てっぺんは茶色にしようかな？　僕は茶色のクヨンを手に取って塗り始めます。パパに木の馬車を持ってもらって塗り塗り。うん！　上手に塗れた！　ちょっと端っことか塗れてないところもあるけど……ま、いっか！

次はどこを塗ろうかな？　考えてる時でした。お兄ちゃんも木に色を塗ってたんだけど、急にあって言いました。僕はお兄ちゃんの方を見ます。お兄ちゃんどうしたの？

「パパ！　ジョーディがクヨン舐めてるよ！」

ん？　舐めてる？　僕は自分の手を見ました。そこにはベトベトの黄色いクヨンがありました。あらぁ、僕、また気付かないうちに舐めちゃってたよ。木の馬車を持ちながらママとお話ししてたパパは、慌てて僕の手からベトベトのクヨンを取ります。

「あ〜あ、こんなに舐めて。いくら口に入れて大丈夫だとは言っても、なるべくなら舐めない方がいいからな。それにしてもベトベトだな。どうするか。次の街で黄色のクヨンが売ってるといいが」

『貸してみろ』

そう言いながらドラッホパパが窓から覗いてきました。それでササッと浄化の魔法を使って、クヨンを綺麗にしてくれたんだ。

『これで大丈夫だろう？　子供が使う物は綺麗にしておいてやらないとな』

「あちょ！」

僕はドラッホパパにありがとうをします。それで綺麗にしてもらった黄色のクヨンで、木の馬車の右側を塗り塗り。うん、バッチリ!!

そんなことをしながら僕達は今日泊まる街に着きました。街に着いたちょうどその時、馬車を塗り終わったよ。僕は馬車を持ち上げて、できた！のポーズをします。どう？　カッコよくできたでしょう。初めてのクヨンだったけど、上手にできたと思うよ。僕はお兄ちゃんに木の馬車を見せます。

「ジョーディ、カッコいいね!!」

お兄ちゃんはニコニコしながら、拍手してくれました。次にママに見せます。ママもニコニコ、とっても上手ねって。

最後にパパに見せました。パパの目の前に木の馬車をドンッ!!と見せます。

「あ、ああ、とってもカッコいいな。いいんじゃないか。初めてでこれだけ上手に塗れるなんて、頑張ったなジョーディ」

ん？　パパ笑ってるけど、変な笑顔じゃない？　本当にカッコいいと思ってる？　僕はパパの顔をじっと見ます。

「な、なんだ？　どうしたんだジョーディ？」

その時、自分のおもちゃで遊んでたみんなが、僕の塗った木の馬車を褒めてくれました。お兄ちゃんみたいにカッコいいって言って、飛んだり跳ねたり。僕は嬉しくなって、もうすぐお宿に着くけど、その場で木の馬車で遊んじゃいます。

「あなた、ジョーディは人の表情の変化に敏感なのだから気を付けて。大体、クヨンを使うのは初めてなのに、しっかり色が塗れてて凄いじゃない」

「そ、それは私もそう思っている。だがこんなに派手な物が出来上がるとは思わなかったんだ。かなり個性的だな」

「もしかしたらジョーディは、こういった才能があるのかしらね」

パパ達が何かお話ししてます。そのお話が終わったら、パパは遊び始めた僕をすぐに木の実のカゴに戻しました。みんなもそれぞれ自分の席に戻って。僕は木の実のカゴに入ってからも、自分の塗った木の馬車を見てニヤニヤしてます。

僕は木の馬車をてっぺんは茶色、周りは虹色、車輪はキラキラ金色に光るクヨン、下はキラキラした銀色のクヨンで塗りました。ピカピカの木の馬車です。ね、格好いいでしょう？

ホミュちゃんが僕のポケットの中から、キラキラでカッコいいから、あとで遊ばせてって言ってきました。ホミュちゃんもキラキラが好きだもんね。全然いいよ。確かにお兄ちゃんはそれぞれにおもちゃを作ってくれたけど、午前中みたいにみんなで遊んだ方が楽しいでしょう。

そんな風に馬車の中で過ごしながら、馬車はどんどん僕達のお家がある街に向かっていきます。

気づいたら街まであと一日の所まで来ていました。

最初にだら～んてしたけど、お兄ちゃんのおもちゃのおかげで、あとは一回もだら～んてしなかったです。ありがとうお兄ちゃん!!

「さぁ、最後の街だ。明日の夕方には屋敷に着くからな」

馬車を降りて、泊まるお部屋に入ります。そして僕がここに来るまでに作った、木のおもちゃをベッドに並べている時でした。

『見つけた!!』

その声と一緒に、バシッて僕の顔に何かがぶつかりました。

「いちゃ!!」

うん、このぶつかり方。そしてこの声は……

僕は顔をすりすりします。頭の上に重さを感じて、それから声が聞こえました。

『ジョーディ、みんな!! 帰ってくるの遅いよ。ずっと待ってたんだから!!』

『スーだ!!』

『どうしてここにいるの？』

ドラックとドラッホがびっくりした声を上げます。やっぱりスーでした。

『だって、もうやることがなくなっちゃって暇だったんだよ。サイラスが、この街にジョーディ達が泊まるって言ったから、僕、ここで待ってたんだ。そしたらなかなか来ないんだもん』
「スー、話は後にして、父さんから手紙を預かってきてるんだろう。先にそれをくれ」
『僕のお話の方が先だよ。でも……うん、手紙はさっさと渡してジョーディ達と遊ぼう！』
スーが僕の頭から下りて、パパの方に飛んで行きます。パパの前まで行ったら、ポンッてお手紙を放って、僕の方に戻ってきました。それですぐに何して遊ぶのって聞いてきます。パパはお手紙を取り損なってブツブツ言ってたよ。

本当はすぐにスーと遊びたかったんだけど、もう夜のご飯の時間です。先に着替えましょうねってママが言いました。今度はスーがブツブツ言い出しました。待っててね。ご飯の後も遊べるから慌てないで。

着替えをしてる間、スーは早く早くって言いながら、僕達の周りをグルグル飛び回ってました。ドラック達に対しても『まだ綺麗にするの？』とか、『もう拭くのいいんじゃない？』とか言ってます。ドラック達はベルに足とか体を、モフモフのタオルで拭いてもらってるんだ。このお宿は食堂に魔獣さんも一緒に入れるから、綺麗にしないといけません。

僕が着替えてる間に、体を拭き終わったドラック達は先にスーと遊び始めました。僕も着替えが終わって遊ぼうとしたら、お宿のおばさんがご飯ができましたって呼びに来ちゃったんだ。結局僕だけスーと遊べませんでした。

みんなでゾロゾロ食堂に向かいます。椅子に座ったらすぐにご飯が運ばれてきました。大きなお皿に色々なご飯がいっぱい載っています。自分のお皿に取り分けて食べるみたいです。僕はいつも通り、みんなとは別のご飯だけどね。とってもいい匂いがしてたよ。

ご飯を食べながら、パパ達がお話ししてたのを聞いてたんだけど、さっきスーが放った手紙には、じぃじはフローティーの片付けがほとんど終わって、今はゆっくりお休みしながら、僕達が帰ってくるのを待ってるって書いてあったみたい。それから一緒に待ってるばぁばはとっても元気だって。あと、街の人達も怪我をした人は誰もいなかったみたい。よかったね。

僕達が帰ってから何日か一緒に過ごしたら、じぃじは自分のお家に帰るみたいです。じぃじもずっとお家に帰ってないからね。本当はじぃじともっと遊びたかったけど仕方ありません。また遊びに行けばいいし。パパが連れて行ってくれればだけど。

「ジョーディ様、前を向いて食べないと全部零すぞ」

ニッカにそう言われて、僕はパッて自分の手元を見ます。そしたらお椀の周りも、手も、胸のハンカチもベトベトでした。パパ達の方を見て食べてたから、ぼたぼた零しちゃってたよ。ニッカに顔とテーブルを拭いてもらって、またご飯を再開します。

ご飯を食べ終わったらすぐに部屋に戻って、ふう、これでやっとスーと遊べるよ。まずは、やっぱりアレからだよね。みんなでベッドに並んで、ほっぺたを凹ませて、う～の顔します。うん、バッチリです。

それが終わったら、ベルにおままごとの道具を出してもらってそれで遊びます。そしたら、スーがクイン君のことを聞いてきたよ。

『じゃあ、クイン君、ちゃんと治ったんだね。よかったね。今度みんなで遊びに行けたらいいなぁ。僕はサイラスとサイラスのお家に帰っちゃうから、もし遊びに行くなら僕にお手紙頂戴ね』

そっか、せっかくスーと遊べたけど、僕達が家に帰ったら、スーはじぃじと帰っちゃうんだよね。うん、僕忘れずにお手紙書くよ。

「まーま、みちゃ」

「なあに？　ジョーディ」

僕はママに紙を貰おうとします。ドラックがすぐに伝えてくれて、ママが大きめの紙をくれました。それからお兄ちゃんのあの袋からクヨンを出してもらって、僕は紙にお手紙を書きます。うん、これでどうかな？　書いた手紙をみんなに見せます。

『ジョーディ、何書いたの？』

『それじゃあ分かんないよ』

みんなに分かんないって言われました。やっぱりダメか〜。みんな僕の話すことが分かるから、書いても大丈夫だと思ったんだけどなぁ。

ママがどうしたのって聞いてきて、ドラック達がお手紙のことを話してくれました。そしたらママが僕の書いた手紙を見て笑いながら、遊びに行く時はちゃんとママがお手紙書いてあげるわって。

うん、ママにお願いしよう。これで大丈夫だね。

お手紙の話が終わったら、次は僕達のおもちゃのお話をします。お兄ちゃんが僕達に作ってくれたおもちゃを見て、スーがいいなぁって言いました。

『ねぇマイケル。僕もマイケルが作ったおもちゃが欲しいよ』

「スーも？　僕が作ったおもちゃでいいの？」

『うん！　僕もみんなと同じ、マイケルのおもちゃが欲しい！』

「そっか。じゃあ少し待っててね。考えて、スーが帰っちゃうまでに作るからね」

『ありがとう!!』

よかったねスー。これでみんなお揃いだね。

その後みんなで遊んでたら、すぐに寝る時間になっちゃいました。

次の日の朝はいつもよりもちょっと早く起きて、僕達の家に出発です。それでパパが言ってた通り、お空がちょっとオレンジ色に変わってきた頃、僕達の街の壁が見えてきました。

いよいよ僕達の街に帰ってきたよ。どれくらい出かけてたっけ？　帰ったらまずは、お家のサウキー達と、スプリングホース達にただいまを言いに行こうっと。

3章　みんなただいま!!　久しぶりの僕達の街

馬車が街の壁に着いて、街に入る列に並びます。並び始めてすぐでした。外から誰かが声をかけてきて、ニッカが窓を開けます。馬車の近くには騎士さんが立ってました。

「ラディス様、お疲れ様です。お帰りを待っておりました。私の後に付いてきてください。先に街にお通しします」

「久しぶりだな。これだけ人が並んでいるということは、いつも通りの生活に戻ってきているということか。それよりも、私達はきちんと列に並ぶから大丈夫だぞ」

「いいえ、ラディス様がお戻りになったら先にお通しすると皆で決めていたのです。まだ事件が解決したばかりで、お疲れでしょうから、是非先に街の中へ迎え入れようと」

「そうか。ならせっかくだ。皆の言う通り先に入らせてもらうか」

どうやら僕達は列に並ばなくても、街の中に入れるみたいです。スーが先にじぃじに帰ってきたって知らせてくるって言って、飛んで行っちゃいました。

馬車は窓を開けたまま進みます。時々並んでる人達が、馬車に向ってお辞儀してきたり、パパにありがとうございますって言ってきたりしました。

門まで行ったら、門にいた騎士さん達がみんな敬礼しました。みんなどうしたの？

街に入って少し進んだ時でした。

「帰ってきたか。マイケル、ジョーディ、皆も怪我はないな」

じぃじがスーと一緒に、スプリングホースに乗って馬車の横に並びました。

「じぃじ‼」

「じじ‼」

お兄ちゃんとじぃじのことを呼びます。

「元気そうじゃな。もっと遅くなると思っとったが」

「父さん、久しぶり。グッシー達のおかげで、予定よりも早く帰れたよ。あとで詳しく話すけど、あっちはほとんど片付いたよ。そっちはどうだった？」

「じゃろうな。こっちは、まだ少しゴミが残っておるが、だいぶ落ち着いているぞ」

僕は馬車から、じぃじのスプリングホースに移って座らせてもらいます。ドラック達が僕達もって言ったので、みんなで一緒にスプリングホースに乗って、そのまま出発です。その時にも、街の人達がお辞儀したり、ありがとうって言ってました。

「じじ！」

「そうじゃな、屋敷が見えてきたな」

僕のお家、久しぶり‼　家の屋根、それから門が見えてきて、門の前には騎士さん達がいっぱい立ってて、みんな敬礼してました。そんな騎士さん達に僕はただいまをします。

「ちゃ!!」

騎士さん達みんなニコニコしてたよ。それで門を通ったら、玄関の前には使用人さんとメイドさんがずらって並んでました。お家にいるみんなが並んでる感じです。真ん中にばぁばと使用人のトレバーが立っているのが見えました。僕は二人に呼びかけます。

「ばば!! れちゃ!!」

ばぁば達の前に着いたら、じぃじとスプリングホースから降りて、すぐにばぁばの所にハイハイします。ばぁばに抱っこしてもらって僕はニコニコです。それからばぁば達にもただいましました。

「ちゃ!!」

「ふふ、お帰りなさい。元気そうでよかったわ」

ばぁばがそう言うと、

「ジョーディ様、お帰りなさいませ」

使用人さんとメイドさんが揃ってお帰りなさいって言いました。僕はもっとニコニコになっちゃいます。

「はは、皆先にジョーディと挨拶か」

パパが馬車から降りてきて、みんなが今度はパパにお帰りなさいって言いました。それからゾロゾロみんなで家へ入ります。レスターやベルは、これから荷物のお片付けだって。後ニッカは、これからすぐに、トレバーさんとお勉強だってパパが言ってました。

家の中のことと、お庭とかスプリングホース達がいる所とかについて、お勉強するんだって。

ニッカがトレバーと歩いて行きます。ニッカ、またあとでね。

僕とお兄ちゃんはすぐに自分のお部屋に行きます。パパも自分のお部屋に行きました。みんなでお着替えします。ママは僕を着替えさせてくれた後、自分のお着替えです。その後は夜のご飯まで時間があるから、遊びのお部屋に行きました。お兄ちゃんはあの袋を持ってたよ。

買ってもらったおもちゃとか、お兄ちゃんに貰ったおもちゃで遊んでから、久しぶりに前からあるおもちゃで遊びました。もちろん僕は最初に、じぃじに買ってもらった、あの大きなサウキーのぬいぐるみの所に行きます。ぬいぐるみに飛び込んでギュッて抱きしめた後、顔をスリスリしました。う〜ん、この感覚久しぶりです。

それが終わったら、今度はサウキーの形の乗り物で遊びます。お兄ちゃんに押してもらって、部屋の中を一周しました。うん、これも久しぶりでとっても楽しい!! 久しぶりに遊ぶ物ばっかりで、次も次もって遊ぼうとしたら、すぐに夜のご飯の時間になっちゃいました。もっと遊びたかったのに。でもこれからはまたずっと遊べるんだもんね。今は我慢しよう。

それでね、僕、ご飯を食べるお部屋に入った時、ちょっとビックリしちゃいました。トレバーとニッカが先にお部屋にいたんだけど、ニッカがトレバーやレスターと同じお洋服を着てたんだ。冒険者さんの洋服からピシッとした洋服へ変わってました。なんかニッカじゃないみたいです。

僕もドラック達も、ニッカを見つけて駆け寄ろうと思ったんだけど、いつもと違うニッカにビックリしちゃって、ピタってその場に止まっちゃいました。それからニッカのことをじっと見ます。

「ふふ。ニッカが変わったから、驚いて止まっちゃったわ」

「なかなか似合っているじゃないか」

じっと見てた僕達に近づいてきてお辞儀するニッカ。僕を抱っこして椅子に座らせてくれます。

う〜ん、何か変。ニッカだけどニッカじゃないみたいです。僕はいつも通りのニッカがいいかも？

今日のご飯はじぃじもばぁばも一緒に食べます。ワイワイがやがやして、とってもにぎやかな夜のご飯です。でもやっぱりニッカのことが気になって、僕の後ろにいるニッカをチラチラ見ちゃいます。そのせいで、またぼたぼたご飯を零しちゃったよ。

「すぐに慣れてくれたらいいのだけれど」

隣のママがそう言いながら、僕の手と顔を拭きました。

たくさん零しちゃったけど、なんとかご飯を食べ終わって、僕達はみんなでゆっくりする部屋に行きます。ニッカがトレバーと一緒に、僕達の後ろを歩いてきます。そのせいで僕は後ろを何回も振り返っちゃいました。

そしたらドラッホと僕の足がぶつかりました。僕はただでさえ、よちよち歩きなのに、ぶつかったりしたら当然転んじゃうよね。あっという間に、僕の目には涙が浮かびます。

「う、うえ」

「ジョーディ！　大丈夫か⁉」

擦りむいたりはしなかったけど膝が痛いです。すぐにパパがヒールを使ってくれます。これくらいならグッシーじゃなくても、パパが治してくれるもんね。それに今グッシーはここにいないし。グッシーとビッキーは今、僕の部屋の窓から見える、カッコいい小屋にいます。僕達が帰ってくるまでに、じぃじが大工さんを呼んで建ててくれたんだ。僕の家は大きいから入れないわけじゃないけれど、それでもグッシーがお家に入るのは大変だからね。

そこは僕とお兄ちゃんの部屋それぞれから見える場所だから、窓から覗けばすぐにグッシー達には会えます。

「大丈夫かジョーディ」

「ちゃ！」

すぐに痛いのは治りました。パパありがとう‼

「はぁ、早く慣れてもらわないとな。まさかこんなに気にするなんて」

「洋服が変わっただけで、ここまで気にするとは思わなかったわ」

パパとママがそんなお話をしています。だってとっても変な感じだよ。冒険者さんの格好してたニッカ、とってもカッコよかったんだ。今のレスター達と一緒の洋服もカッコいいけど、でもなんか変なんだもん。う〜ん。元の冒険者さんの格好じゃダメなのかな？

ゆっくりするための部屋に行ったら、レスターがみんなにお茶を用意してくれます。でもいつもはササッとやってくれるのに、今日は途中でやめちゃいました。どうしたのかなって思ってたら、途中からニッカがお茶の用意を始めたよ。

レスターよりは遅かったけど、それでもすぐにお茶の用意が終わりました。

「ニッカ、もうここまで教わったのか」

「はい」

「なかなかさまになっているじゃないか」

「そうですね。ですがまだまだ。そして教えることもまだまだあります。なるべく早く全てを覚えてもらわなければ」

レスターがそう言ってました。教えることがいっぱい？　じゃあ僕達と遊ぶ時間はないのかな？　僕はニッカと遊びたいんだけど。何を教えるんだろう？　それにニッカは僕のそばにいることがお仕事だったはずだよね？

そんなことを考えているうちに、もう僕達は寝る時間になっちゃいました。ママとお兄ちゃん、ベルとニッカと、みんなで一緒に自分の部屋に戻らなきゃ。僕達はパパ達におやすみなさいして、ゆっくりする部屋を出ました。

寝るためにはまずは歯磨きとおトイレです。僕はオシメしてるから大丈夫だけど一応ね。ドラック達もちゃんとおトイレします。

それが終わったら、お兄ちゃんに僕の部屋の前でおやすみなさいして、お兄ちゃんはベルと一緒にお兄ちゃんの部屋に行きました。僕達はママと一緒に自分の部屋に入ります。そしたら、ママがニッカに僕の部屋の説明を始めました。

夜に着る洋服のこととか、それから誰がどこに寝るのかとか。僕の部屋はドラック達も一緒に寝てるから、ベッドがいっぱいあるんだ。

それからママはドラック達用のクローゼットの説明もします。クローゼットに、一つずつみんな用の箱が入ってて、そこから自分のタオルとか、必要な物を取ることになってるんだ。みんなお気に入りのタオルが違うからね。間違わないように注意してね。

ママがササッとお部屋の説明して、僕を寝る洋服に着替えさせながら、ニッカと話します。

「どうかしら。今の説明で分かった？　他にも色々覚えることがあって、大変だと思うけれど。これからはベルやレスター、私の代わりに、あなたがジョーディの夜の用意をすることもあるから。覚える優先順位を決めた方がいいかもしれないわね」

「大丈夫だ。いや、大丈夫です。今日教えてもらったことはもう覚えています」

「今日教えてもらったことって——トレバーのことだからたくさん教えたと思うけれど——それ全部を覚えたの？」

「はい。俺は一度聞けばなんでも覚えられます」

「そうなの？　ならちょっとやってもらってもいいかしら。私がジョーディの用意をしている間に、ドラック達のベッドを整えてくれる？　寝る時のそれぞれのおもちゃも忘れないでね」

ママに言われて、ニッカがみんなのベッドの方に行きました。ベッドを確認したら、次はクローゼットへ。中からタオルとおもちゃを出して、それを持ってサササッて、ベッドに入れていきます。ドラック達が、間違えるといけないからって言って、ニッカの後ろをついて行って確認します。ちゃんと合ってると、正解って言ってそれぞれベッドに入りました。

そんなことをしてるうちに、全員のベッドの準備が終わっちゃいました。ニッカは、一つも間違わなかったよ。

「あら、本当に完璧ね。これなら明日から任せて大丈夫そうね」

ベッドの用意が終わったちょうどその時、僕の準備も終わりました。ママに抱っこしてもらって、ベッドに乗っけてもらいます。

今日はママとニッカ、二人が絵本を読んでくれました。家に置いておいた絵本と、ニッカがくれたあの絵本を、ゆっくり読んでもらいました。とっても楽しいです。

うん、この感じ。馬車で読んでもらう絵本もいいけど、やっぱりお家での絵本が一番いいかも。僕がニコニコ笑ってたら、ママがどうしたのって聞いてきました。

「そんなに楽しい？　いつもの絵本よ」

うん、僕楽しいよ。やっと家に帰ってこれたし、明日からまたみんなでいっぱい遊ばなくちゃ。それからママ達に、絵本をいっぱい読んでもらわなくちゃ！

＊＊＊＊＊＊＊

「お前からの手紙で、軽く内容は聞いたが、詳しく聞かせてくれ」

会議室に着き、席に座った私――ラディスに向かって父さんがそう口を開いた。

ニッカの変わりように、ご飯を零しながら食べ、また休憩室に行く時も、ニッカを目で追い、そして転びながら部屋へ向かう。そんなジョーディ達を見送った後、ようやく父さんと母さんの待つ会議室に向かい、二人にアルビートでの話を語り始めた。

私達が向こうに着いた時、ルリエット達の仕事はほぼ終わっていた。また、クイン君の病気も、その日のうちに治療して、病気についても把握できたため、私はそこまで急いでする仕事もなく、その晩すぐに父さんに手紙を書き、次の日の朝にはそれを出したのだった。そのため、簡単ではあるが、父さん達は現状を少しは理解している。

「ワシもの、お前からの手紙を受け取ってからすぐに、あやつには手紙を送っておいた」

「国王陛下に？」

「ああ。まぁストールから、完璧な報告書が提出されると思うが、少しでも早く現状を知りたいはずじゃからの」

「スーが宿で私達を待っていたということは、手紙は騎士に届けたさせたのか？」

「それについては、あとで説明する。まずはお前の話を聞こう」

父さんが静かに笑ったのが気になったが、私は最初に、アルビートに着いた時の状況から話し始めた。そしてその話が終わる頃、ルリエットとニッカが会議室に入ってきた。ジョーディ達はどうしたか聞くと、絵本を二冊読んだところで、すぐに眠ったと言った。

ようやく屋敷に帰ってきて、自分の布団で安心したのだろう。最初はソワソワしていたものの、今はもうぐっすりらしい。きちんとした体勢で寝かせるために動かしても、嫌そうな素振りを見せないようだ。その話を聞いて、母さんがよかったと、とても安心した表情を見せた。

母さんは屋敷にいて、私達が戻るまでの間、かなり心配をかけてしまったからな。

そんな母さんだが、アルビートで起きたことについての話が終わると、なぜもっと、奴らを厳しく痛めつけなかったのかと言ってきた。

それを聞いたルリエットが口を開いた。

「私も気持ちとしてはもっとやってやりたかったですが、ストールに止められてしまったのです。国で尋問するまでは、なるべく答えられるようにしておいてくれと言われたのです」

「それでももう少しやるべきでしたよ」

「そうですわよね、お義母様。やはりもっと徹底的にやるべきでしたわよね」

その会話を聞き、父さんが嫌そうな表情を浮かべた。ストールが止めておいてくれてよかった。

「それにしてもじゃ」

父さんが咳ばらいをして話し始める。

「今回のことで全てが解決したわけではない。こういったことは、他の街でも起きている。これを機に、それらをどんどん排除していければよいのじゃが」

「そうだね父さん。今までのように、証拠がないと、なかなか取り押さえられない。そうすると、また同じような事件が起こりかねない。ただでさえ、今回は奴を逃がしてしまっているしね」

そう、今回の森での事件では、コリンズを取り逃がしている。コリンズはクレイン兄さんの家の使用人だったが、組織の構成員として、『悪の化身』復活の儀式に加わっていた。コリンズの話から、あいつらを動かしている存在がいることは分かっている。

そして捕まえた連中の尋問を進めていけば、もう少し奴ら組織の情報を得ることができるはずだ。そして奴らはまた、いつかは分からないが、また同じことをしてくるだろう。なんとかしてそれを止めなければ。

一通り話を終え、今度はクイン君の病気と、人間と魔獣の病気について話した。これについてもストールから詳しい報告が陛下にされるだろうが、父さんが手紙で先に伝えてくれていた。そしてこの街の治癒師達にも伝達してくれたらしい。

「魔獣だけが罹る病気のことは、まだ分からないことばかりだが、治癒師の中にも魔獣と契約している者がおるからな。その魔獣達と話をし、色々試しながら今後の治療をしていくことになるだろう」

そう言う父さんに、私は希望ある未来を想像しながら答える。

「すぐには無理かもしれないけど、これで確実に医術に関しては進歩するでしょうね」

「そうじゃな、これでどれだけの人間、魔獣の不治とされてきた病気が治るか。楽しみじゃ」

クイン君にとっては災難だったが、彼のおかげで、これからの医術は確実に進歩する。病気を治してくれたグッシーには感謝しなければいけないな。

それと、どれくらいでベッドから出られるようになるかは分からないが、マイケルやジョーディ、ドラック達を、クイン君の所へ連れて行ってやらないと。遊ぶのを楽しみにしていたからな。

アルビートでの話が一段落したころ、レスターが新しいお茶を入れに来た。それを飲み、軽く深呼吸をする。

そういえば、父さんが、スーについてあとで話をすると言っていたな。いつも連絡はスーにお願いするのに、今回は手紙を騎士に持って行かせていた。スーではダメな、特別な事情があったのか？　一応話は終わっているから、聞いてみるか。

「父さん、さっきの話だけど」

「なんじゃ？」

「ほら、街の話を始める前に、スーについてあとで話すって言ってただろう？」

「おお、それのことか」

「スーに頼まないなんて、スーが行けない何かがあったのか？」

「いや、なに。別に大した理由はない」

父さんが言うには、最初はいつものように、スーに手紙を持って行ってもらおうとしたらしい。

だがスーが、どうしても自分がジョーディ達を迎えに行くと言って、手紙を持って行くことを拒否したのだという。それで仕方なく、騎士に手紙を頼んだということだった。

「なんだ、何か問題があったわけじゃないのか」

「む？　どういうことじゃ？」

少し拍子抜けしてしまった私に、父さんが目つきを鋭くして聞いてくる。

「そんな理由なら、別に先に言ってくれてもよかっただろうに。何か問題があって、行けなかったのかと思ったじゃないか。父さんには悪いけど、ただでさえ色々あったんだ、不安にさせないでほしいよ」

私の言葉は、意図せず文句のようになってしまう。そんな私に対し、父さんは少し真剣な表情になって口を開いた。

「すまんな、じゃが、この話はゆっくりと落ち着いた環境でしたいと思ってのう」

父さんがお茶をひと口飲んで、静かに話し始める。

「スーの今後についてじゃ」

スーの今後？　思ってもみなかった父さんの言葉に驚き、私はお茶を零しそうになってしまった。

隣に座っているルリエットを見れば、ルリエットも驚きを隠せないようで、目を丸くしていた。

「父さん、どういうことなんだ？　スーの今後って、スーに何かあったのか？　もしかして今回スーが手紙を届けなかったのは――」

ジョーディ達を迎えに行きたいと言ったことは本当なんだろうが、もしかするとやはりスーには他に問題があるのだろうか。

「いや、今回使いに出さなかったのは、本当にスーがジョーディ達が帰ってくるのを、楽しみに待っておったから、ただそれだけじゃ。スー自身に問題があるわけではない」

父さんの表情と声色から、これは真実だということが分かる。しかし、なぜ驚かせるような言い方をするんだと、少々イラッとしながら話を続ける。

「はぁ、また変な言い方をして……スーに何かあったのかと心配になるじゃないか」

「すまんすまん。そんな気はなかった。じゃが、今後のスーについて話したいというのは本当じゃ」

一安心した私達に、父さんは話し始めた。母さんはすでに話を聞いているらしく、平気な顔をしてお茶を飲んでいる。

「スーとワシが契約をして、どのくらい経つかのぉ。かなり長い時間を共に過ごしてきた。じゃが、そろそろ、これからのことを考える時期に来ていると思ってのう」

父さんが話したのは、スーの今後というよりも、スーと父さんの今後についてだった。

父さんが言ったように、スーと父さんが契約してから長い時間が経っている。スーは父さんの相棒として、完璧な存在だ。父さんの右腕となって、スーが他の人々に情報を伝える。今までにスーが失敗したことなど一度もない。

　が、最近ある変化が起きたという。今まで仕事以外で父さんから離れることがなかったスーが、最近では遊びに行くと言って、留守にすることが多くなったらしい。以前は私の屋敷に来ている時すらも、父さんから離れなかったのにだ。しかし最近のスーは——そう、私達家族の近くにいる時は、必ずジョーディ達といるようになったのだ。

　言われてみればそうか。確かに前より、スーが私達の周りで遊んでいるような気がする。最近など、ジョーディ達と一緒に、あの凹ませ顔をして遊ぶ姿をよく見る。それに今だってジョーディの部屋に、自分のベッドを用意させて一緒に寝ているしな。

「ラディス、ワシは前線を退いたとはいえ、まだまだ戦うことはできる。全盛期に比べれば、少しは力が落ちてしまっているだろうが、今回の事件だって、それに近い状態で戦うことができた」

「全盛期って、私から見れば、父さんは何も変わっていないように見えたけど？」

「それでも、これからは確実に、力は落ちてくるだろう。そしてワシや母さんは、お前達より先に逝くことになる」

「父さん、一体何を言いたいんだ？」

　なんでそんな話をするんだ。父さんの言葉に、私は思わず顔をしかめる。なんなんだ？　まさか!?　私はハッと顔を上げ、思わず立ち上がってしまった。

「父さん、まさかどこか悪いのか!?」

父さんがこんな話をするなんて、何かよくないことがあるに違いない。そう考えた私の頭に浮かんだのは、もしかしたら父さんが、何か悪い病に罹っているのでは、というものだった。

私が慌ててそう言えば、父さんは平気な顔をして答える。

「ワシは病に罹ってなどおらん、心配するな」

「じゃあ、本当に一体なんなんだ。なんでそんな変なことを言うんだ」

私は思わず怒り口調になってしまう。

「じゃから、ワシが年老いて逝った後、いや逝かなくとも、戦いから離れる時が来たら、もしよければスーをジョーディに託したいと思ってな。魔獣であるスーは、ワシらよりも長生きじゃからの」

「ジョーディにスーを？」

私はドサッと席に着き、お茶をグイッと飲み干す。まったく、喉が渇いてしょうがない。

「それに今回の事件で、ワシにもしものことがあって、この世から消えるようなことになれば、スーを任せられるのは、ジョーディしかおらんと考えた。女神様に加護を貰い、心を通わせた魔獣達と、すぐに契約できるジョーディだ。それにジョーディはまだ幼いが、魔獣達を大切にしてくれていると、ワシはちゃんと分かっておる」

ジョーディに、スーと契約してほしいということか。魔獣の寿命は、人間よりもはるかに長い。

だから契約主は自分が仕事を引退した時、または自分が年老いた時などに、自分よりも寿命が長い魔獣達を自由にしてやるために契約を解く。

そして、契約を解かれた魔獣は、自然に戻る魔獣もいれば、新たな契約者と出会い、そのまま人がいる場所に残る者もいる。

「もちろんスーにはどうしたいか確認はする。スーの気持ちが一番大事じゃからな。じゃがもし、スーがジョーディ達といたいというのであれば、ジョーディに任せたいと思ったんじゃよ」

「今回の事件があって、ここへ戻ってくるまでに、お父さんなりに考えたみたいなの。どうなるかは分からないけれど、ラディス、ルリエット、お父さんの気持ちを心に留めておいてもらえないかしら」

父さんが口を閉じると、母さんがそうつけ加えた。そうか。父さんはこんなことを考えていたのか。

「なに、さっきも言ったが、全盛期には劣るとはいえ、ワシもまだまだ現役、突然のことがない限り、これからも動くつもりじゃ」

ガハハハハと笑う父さん。今までの真剣な雰囲気はどこに？　はぁ、だが、父さんも今回のことで、スーとの関係についてだいぶ考えたんだろう。

「分かったよ、父さん。父さんがいつスーと話をするか知らないけど、もしスーがジョーディ達といたいというなら、スーはうちに迎えるよ。今でも家族だけどね」

「そうか！　迎えてくれるか‼」

父さんは、またガハハハハと笑った。きっとスーは、ジョーディと契約することになるだろう。確実ではないが、きっとそうなるとなんとなく分かる。その時は改めてスーをうちに迎え入れよう。そしてジョーディ達と仲良く、幸せに暮らしてほしい。

そのためにも、この世界の平和を保たなければ。早くコリンズ達を捕まえ、安心して暮らせる世界をジョーディ達に残さなければ。

＊＊＊＊＊＊＊

フローティーに帰ってきた次の日のことでした。パパがじぃじにお兄ちゃんのおもちゃのお話をしました。そしたらじぃじが、僕達の家の周りにはゴミがまだ少し残ってるから、気になる物があったら持って行っていいぞって言ったんだ。

だから僕達はすぐにゴミ置き場に行って、遊べそうな物を、どんどん袋に入れていきました。そのゴミの中に、鳥さんの形をしてる木の欠片(かけら)があって、少しずつ形は違うけど、それが五個見つかったんだ。

僕達はその時、袋にたくさんの木の欠片や棒を入れてました。もう他の欠片は要らないから、鳥さんの形をした木の欠片をあと四つ、みんなで探すことにしました。

僕達はお兄ちゃんとブラスターも含めて全員で九人です。九個集めればみんな鳥さんの形の欠片を持てるでしょう？　だから僕達は一生懸命探しました。そしてパパにそろそろ帰るぞって言われるちょっと前に、全員の分を見つけることができたんだ。

次の日、見つけた木の鳥さんを、クヨンで塗り塗りしました。ドラック達もクヨンを咥えたり掴んだりしながら、一緒に塗って。暗くなるまでにはみんな塗り終わって、夜のご飯の後に、ゆっくりするお部屋でパパ達に見せました。

僕はね、虹色に塗ったんだ。今はなんでも虹色にしちゃいます。この前僕が作った虹色の馬車、アレがとってもカッコよかったから、他のも虹色で塗るのがいいなぁって思ったの。ドラック達も好きな色で塗って、カッコよかったり、可愛かったりする鳥さんが出来ました。スーが、みんな綺麗だねって、とっても喜んでたよ。

じぃじ達が僕の家にいる最後の日の夜のご飯は、パーティーみたいでした。ご飯を食べる部屋の中は、魔法やシャボンや飾りでキラキラしてました。ご飯もいっぱいあったよ。僕が食べる用のご飯もとっても美味しい物を用意してもらいました。美味しすぎて、どんどん食べちゃったよ。

ご飯を食べてる時にお兄ちゃんが、スーに向かってこう言いました。

「あっ、食べ終わって休憩の部屋に行ったら、スーと約束してたおもちゃあげるね。間にあってよかった。スー、楽しみにしててね」

『僕のおもちゃ!!』

スーがそう言って一瞬消えてすぐにまた現れました。嬉しくて部屋の中を二周したんだって。

早く見たいって言って、ご飯を食べ終わった僕の洋服の袖を、嘴で引っ張りながら飛んで進むスー。部屋に行っても、お兄ちゃんがおもちゃを持ってきてくれるまで、ずっとソワソワしてました。

「持ってきたよ。はい。僕からプレゼント!!」

お兄ちゃんは部屋に入ってきてすぐ、スーの前にちょっと大きな、可愛いリボンの付いてる箱を置きました。

『何これ、こんなの初めてだよ!!　開けていい？』

「うん!!」

可愛いリボンが切れちゃうといけないからって、ばぁばにリボンを外してもらうスー。包装紙はスーが上手に嘴で取って、中から出てきた箱は、またばぁばに開けてもらいました。箱の中から出てきた物は……

『わぁ、お人形がいっぱい!!』

ばぁばが僕達にも見えるように、箱の中身を机に出してくれます。机の上には八個の木のお人形がありました。全部違うお人形です。

「スーもみんなも分かるかな？　よく見て」

お兄ちゃんにそう言われて、僕達はじっとお人形を見ます。少ししてスーとポッケが同時にあって言いました。なになに？　どうしたの？　何が分かったの？

『みんなよく見て！　これ僕達だよ‼』

「正解‼　この人形は僕達なんだ。僕が作ったからあんまり似てないけど、でもみんなの人形を作ったんだ」

僕のお人形は洋服にサウキーのマークが描いてありました。ドラック達のお人形もそれぞれ分かりやすいように、色や模様、形がそっくりに作ってあります。

「スーが帰っちゃって、じぃじの家で僕達と遊べなくても寂しくならないように、僕達のお人形を作ったの。これならいつでも一緒みたいでいいでしょう？」

お兄ちゃん凄いねぇ。みんなのお人形作っちゃうなんて。あれ？

スーが何も言いません。どうしちゃったのかな？　スー、お兄ちゃんが作ってくれた僕達のお人形、あんまり好きじゃない？　心配になって、スーの顔を見ます。そのとたん……バッと顔を上げて、スーはお兄ちゃんの胸に突撃しました。

『ありがとう‼　僕、本当はもっとみんなといたかったんだ。でも帰らないといけなくて。ちゃんと分かってたんだけど、本当は寂しかったの‼　マイケル、みんなのお人形作ってくれてありがとう‼　これでお家に帰っても寂しくないよ‼』

スー、とってもニッコリです。それから少し泣いてて。僕はスーを撫で撫でして、スーのことを抱きしめました。

そうしたらばぁばが、さあもう寝る時間だから早くしまってって言いました。僕が、もうしまっちゃうの？って聞いたら、ばぁばは、明日は朝早くに出発するから、夜更かしはしないほうがいいわって言いました。もう少しお人形を見ていたかったんだけどな。

その日の寝る時間、僕とスーは今日は一緒のベッドでおやすみです。スーはプレゼントの箱も一緒にベッドに入れて、ニコニコした顔のまま寝てました。でも僕は箱の端っこが、手や足に当たって、ちょっと寝にくかったです。

＊＊＊＊＊＊＊

僕達は今、全員揃って玄関前にいます。じぃじ達のお見送りをするためです。

「それじゃあ、父さん母さん、道中気を付けて。スーもな」

「ああ。何かあればすぐに連絡をよこすんじゃぞ。可愛い孫達に、何かあっては大変じゃからな」

「ルリエット、マイケルやジョーディ達のこと、手紙を頂戴ね。どんな些細なことでもいいのよ。会えない分、楽しみにしていますからね」

「もちろんですわ」

パパとじぃじ、ママとばぁばの挨拶が終わると、スーが話しかけてきました。

『ジョーディ、僕にも絶対に手紙頂戴ね。それからクイン君の所へ遊びに行く時は、絶対に僕のことも呼んでね。約束だよ』

「ちゃっ‼」

『スー、また遊ぼうね‼』

『ほっぺた凹ませるのやろうね‼』

僕はドラック、ドラッホと一緒に、スーにお別れの挨拶をします。

『うん‼　それからマイケル、お人形ありがとう‼　僕の宝物にして、大切に遊ぶよ‼』

「うん！」

お別れの挨拶をしてたら、もう荷物を積んである荷馬車と、じぃじ達が乗って帰る馬車が玄関前に到着しました。じぃじ達が馬車に乗り込みます。乗ったらすぐに馬車の窓が開いて、今度は本当に最後の挨拶です。

「それじゃあのう。皆、元気でな。マイケル、ジョーディ、元気にいっぱい遊ぶんじゃぞ」

「また遊びに来ますね。みんなも遊びに来て」

『みんなバイバイ‼』

「じぃじ、ばぁば、スー、さようなら、バイバイ！」

「じじ、ばば、すー、ばちゃ‼」

馬車がゆっくり動き始めました。僕はパパに抱っこしてもらって、馬車が離れていくのをじっと見つめてバイバイします。馬車はどんどん遠くなっていって、じぃじはその間ずっと手を振ってくれてました。なんか寂しくなってきちゃった。僕の目に涙が溜まります。

その時でした、僕の顔にバシッ!!って何かがぶつかりました。

「いちゃっ!!」

『へへ、驚いた？』

僕はお顔をスリスリします。目の前にはスーがいました。

『じゃあ、本当にバイバイ!!』

そう言って目の前から消えるスー。いつもみたいにとっても速く飛んで、じぃじの所に戻ったみたいです。僕はバイバイしたはずのスーに会って、またバイバイしたから、もっと寂しくなっちゃったよ。なんで戻ってきたのさ。ぽろぽろ涙が零れます。

「うえっ、ヒック、じじ、ばば、す〜」

それでね、僕が泣き始めたら、ドラック達も寂しいって言って、みんな泣き始めちゃったんだ。

ドラック達はローリーにくっ付いたり、ドラックパパ達の所に行ったりしています。ミルクはグッシーが上手に咥えて、ブランブラン揺らしてもらってました。

「あらあら」

ママがパパから僕を受け取ると、僕を抱っこして背中をポンポンしてくれます。

「また今度会いに行きましょうね。もう会えないわけじゃないのよ。バイバイは少しの間だけ。それにお手紙書くんでしょう？　いっぱいお手紙出しましょうね」

僕もみんなも泣いたまま、馬車が完全に見えなくなってから、家の中に入りました。泣いている僕を見て、グッシーが心配そうな顔をしていました。ごめんね。ちょっとだけ待っててね。きっと涙はすぐに止まるから。寂しいのは今だけ。泣くのが止まったら、一緒に遊んでね。

結局僕はお昼ご飯の頃までグシグシ泣いてました。ドラック達はあれだけ一緒に泣いてたのに、すぐに泣きやんで、先にグッシー達の所に遊びに行っちゃったんだ。僕は泣きすぎて疲れちゃって、お昼ご飯を食べないで、いつの間にか寝ちゃってました。起きたらおやつの時間だったよ。

起きたらなぜかスッキリした気持ちになってました。やっぱり寂しいのは変わらないけど、うん、大丈夫、もう泣かないよ。

お昼ご飯の代わりに、おやつをササっと食べて、それでもお腹が空いてたから、もう少しおやつを貰おうと思ってパパに声をかけました。でも夜のご飯が食べられなくなるからダメって言われちゃって、僕はちょっとブスってします。

ブスっとしたままパパのお膝に座ってたら、レスターが手紙を持って部屋に入ってきました。それを受け取ったパパは手紙をちらっと見て、

「セルタールからか」

って言いました。そしたらパパの声を聞いて、ソファでブラスターと遊んでいたお兄ちゃんがこっちを向いたんだ。

「セルタールおじさん!?」

お兄ちゃんはその人のことを知っているみたいです。ミルクが誰?って聞いたら、近くの街に住

んでて、パパと同じようなお仕事をしてる、パパのお友達だってお兄ちゃんが教えてくれました。その人は時々僕達の家に遊びに来て、お兄ちゃん達も同じようにセルタールさんの所に遊びに行ったことがあるらしいです。でも僕が生まれてからは、まだ一度も遊びに行ってないんだって。

パパが手紙を取り出してテーブルに置いた封筒を、僕は手に取ります。それをヒラヒラうちわみたいにして遊んでたら、ママにダメよって取られちゃいました。僕はまたブスってほっぺたを膨らませます。パパが手紙を読みながら、「ほう」とか「なるほど」とか言って、途中からニコニコ顔になりました。何か楽しいことでも書いてあるのかな？

あんまりニコニコしてるから、お兄ちゃんも気になったみたい。手紙を読んでるパパに、どうしたのって聞いてます。でもパパはちょっと待てって言って、なかなか何が書いてあるか教えてくれません。

少しして、パパはやっと読み終わったのか、手紙をテーブルに置きました。

「それで、手紙にはなんて？」

ママが聞きます。ドラック達もパパの周りに集まってきて、パパの周りはぎゅうぎゅうになっちゃいました。パパは離れろって言ってるけど、パパが早くお話ししてくれないのが悪いんだよ。なんとかドラックパパ達がみんなを引き離して、やっとパパがお話を始めました。

「簡単に言うと、祭りへの誘いだな」

祭り？　祭りってあのお祭り？　僕は地球で一回しか行けなかったけど、とっても楽しいやつだよね。この世界のお祭りも同じかな？　それとも全然違うやつかな？

「お祭り！　お祭りするの!!」

お兄ちゃんがソファーから、ジャンプして立ち上がりました。お兄ちゃんがこんなに嬉しそうにしてるってことは、やっぱり同じお祭りかな？

「ああ。それにお祭りだけじゃなくて、大会も開くらしい」

お祭りに大会？　聞きたいことがまた増えました。

「こっちも落ち着いたし、せっかく呼んでくれたんだ、行ってみるか」

「パパ！　行っていいの!?」

「ああ。マイケルもジョーディも頑張ったからな。久しぶりにみんなででゆっくり遊びに行こう」

「やったぁ!!」

お兄ちゃんがジャンプしてとっても喜んでる。やっぱり楽しいことなんだよね？

『マイケルお兄ちゃん。祭りってなぁに？　それから大会って？』

おお、ドラッホがちょうど聞いてくれました。

「えっとね、祭りはとっても楽しくて、お菓子とかおもちゃとか、たくさん貰えるんだ！　大会は、なんの大会か分かんないけど、やっぱりとっても楽しいよ」

お兄ちゃんの説明を聞いて、ドラック達は最初ポカンってしてました。でも楽しいって聞いて、お祭りがどういうものかは分かってなくても、お兄ちゃんみたいに喜んでました。

『楽しい、やった!!』

『楽しいなのぉ!!』

お兄ちゃん、その説明じゃ分からないよ。パパ達もそれじゃあ分からないだろうって笑ってます。

ドラック達が落ち着いてから、パパがお祭りについてお話ししてくれました。お祭りはやっぱりあのお祭りでした。街にあるお店じゃなくて、食べ物やおもちゃ、それにゲームができたりする楽しい屋台が、二日間だけ広場を中心に集まります。

あと、街の中がキラキラに飾られるらしいです。僕が前にじぃじのお家に行った時、とってもキラキラしてた街があったでしょう？ あれよりももっとキラキラになるんだって。

食べ物も僕が食べられる物をたくさん売ってるから大丈夫みたいだし、それから僕でもできるゲームがあるみたい。

僕ねぇ、金魚すくいがしたいなぁ。地球では一度しかやったことがなかったけど、お父さんと一緒にやって、一匹だけすくえたんだ。大事に育てて、でも僕が入院してる間に死んじゃったの。お父さんが最後までお世話してくれました。

だからもしこの世界のお祭りに、金魚すくいがあったらまたやってみて、もしすくえたら、今度こそ最後までお世話したいんだ。

お祭りの説明を聞いた後は、大会のお話を聞きます。パパのお友達、セルタールおじさんは、シオリナっていう街に住んでて、その街には、大きな川が流れてるんだって。川は森の方から流れてきてて、シオリナはその川がさらに隣の森に流れて行く途中にあるらしいです。

わざわざ森まで出かけて、魔獣さん達に襲われないか気を付けながらお魚釣りをしなくてもいいから、街の人達はとっても助かってるんだって。

お祭りは夜から始まって、次の日の夜までやるんだけど、そのお祭りが始まる前に、街の中の川で魚釣り大会をするみたいです。子供だけでする部門と、大人でも子供でも誰でも参加できる部門の二つをやるかもって、手紙に書いてあったんだって。

手紙には、詳しいことは街に来たら説明するって書いてあったから、ルールはパパも分からないみたいです。

お魚釣りかぁ。金魚すくいもしたいけど、お魚釣りもしてみたいな。うん、お祭りも魚釣り大会も楽しそう!! 僕は思わず叫んじゃいます。

「にょおぉぉぉ!!」

『うん、とっても楽しそう!!』

『ボクは美味しい食べ物が楽しみ!』

『オレ、ゲーム? がやってみたいんだな!』

『ホミュちゃんは魚釣りなのぉ!』

みんなそれぞれ楽しみがいっぱいです。

お祭りと大会が開かれるのは一週間後。シオリナまでは、ゆっくり行って二日かかるから、四日後に出発することになりました。お祭りの一日前は、パパがセルタールおじさんとゆっくりお話ししたいんだって。

そうと決まれば準備しなくちゃ。まぁ僕の物はママとベルが準備してくれるんだけどね。でも僕だって準備する物があるよ。ちゃんと鞄に入れてもらわなくちゃ。キラービーのボンボン帽子ね。アレはしっかり持っていかないと。

僕達は急いで遊びのお部屋に行って準備をします。それで他にも持って行かないといけない物がないか、みんなで話し合いです。

『でも、あんまり持って行かない方がいいかも？　ドラッホはどう思う？』

『マイケルお兄ちゃん、さっき色々貰えるって言ってたもんね』

『それかベルに、なんでもいっぱい入っちゃう、あの不思議な鞄を持って行ってもらうとか』

『みんな一つずつおもちゃ持って行くなの！』

『一つの袋に入れて持って行くんだな』

うん、それがいいね。話し合いが終わって、みんなそれぞれ、持って行くおもちゃを選びます。

楽しみだなぁ。早くお祭りと大会の日にならないかなぁ。僕は大会に出れるのかな？　誰でも参加できる部門なら、パパと一緒に魚釣り大会に出られると思うんだけど。もちろん金魚すくいがあったら、それもパパと一緒にやりたいと思います。

考えるだけで、どんどん楽しい気持ちになってきちゃいます。えへへ、とっても楽しみ！

＊＊＊＊＊＊＊

私――ラディスは、ルリエットに声をかけた。彼女は、子供のおもちゃが置いてある部屋の前で、なぜか部屋に入らずに一人で立っていた。

「ルリエット、部屋に入らないで何してるんだ」

「あなた、ちょっと見て」

「アレは……ははっ、何してるんだ？」

ドアの隙間から見ると、ジョーディは立ってあの音痴な歌を歌いながら、お尻をフリフリして、手を動かして踊っていた。

「ふふ、嬉しくて勝手に体が動いちゃってる感じね」

「ちゃんとお祭りと大会が理解できたのか？」

「ドラック達と話せるのよ。それでなんとなく理解しているんじゃないかしら」

「ジョーディは歳のわりに、理解力が高いな。まぁ、楽しそうでよかった」

「そうね。久しぶりに、何も考えず、ただ楽しんでほしいわ」

「ああ」

ドラック達が歌い踊るジョーディに気づき、集まってくると、皆で踊り始めた。私はそれを見てまた笑ってしまった。

「にょっにょ♪　にょっにょ♪」

『ワンワン♪　ワウワウ♪』

『ニャウニャウ♪　ニャア～ウ♪』

『にょっにょ♪　にょっにょ♪』

『にょっにょ♪　にょっにょ♪　なのぉ！』

『にょっにょ♪　にょっにょ♪　なんだな！』

ジョーディはまだ一歳。記憶には残らないかもしれないが、楽しい時間を過ごせれば……

4章　みんなで楽しいお祭り！　新しいお友達も⁉

いよいよお祭りに、シオリナの街に向けて出発する日です。準備は完璧で、荷物はもう荷馬車に乗ってて、あとは僕達家族が馬車に乗るだけです。お祭りに行くのは、僕達家族と、レスターです。ベルは今回はお留守番なんだって。あっ、ニッカは僕と一緒にいるのがお仕事だから、もちろん一緒に行きます。トレバーもお留守番なんだ。トレバーもたまには一緒に来ればいいのにね。

それから、グッシーとビッキーには、僕のお友達だってすぐ分かるように、お家の印のペンダントを付けてもらいました。それはママがお店に頼んで作ってもらった、グッシー達にぴったりなペンダントでした。これでどこに行っても、堂々と僕のお友達だって言えるね。

僕達はトイレに行った後、玄関でパパのことを待ちます。

「くにょねぇ！」

『早く行こう‼』

『遅れたら大変‼』

僕が早く行こう！って言ったら、ドラックとドラッホもパパのことを急がせました。そして、パパが階段を下りてきたのを見て、みんなで走って外に出ました。みんな足が速くて、サァーッとお外に出ちゃいました。僕は相変わらずよちよち歩きです。それでもパパよりは先に外に出て、今度は玄関前の三段の階段を下ります。

初めの一歩を踏み出そうとした時、僕の洋服が誰かに掴まれました。振り向いたらニッカが僕の洋服を掴んでました。僕が一段下りるたびに、洋服をちょっと引っ張り上げて、僕が下りやすいようにしてくれて、簡単に階段を下りられたよ。ありがとうニッカ。

「先に乗るね！」

お兄ちゃんが先に馬車に乗ります。それからドラック達、次にママが乗って。僕はニッカに乗せてもらって、最後にパパが乗りました。

「じゃあ行ってくる。ベル、トレバー、家をよろしくな」

「お気を付けて」

「マイケル様、ジョーディ様、皆様も楽しんできてくださいね」

馬車が動き始めます。みんなにバイバイ。お土産（みやげ）があったら、ちゃんと持って帰ってくるからね。

それからゆっくり進んだ馬車は、二日後の夕方、シオリナの街に着きました。夕方なのに、街に入るための列はとっても長いです。パパがもしかしたら、みんなお祭りに来たのかもって言ってました。

それでもなんとか暗くなる前に、僕達は街の中に入れました。お祭りの間、僕達はお宿には泊まらないで、セルタールおじさんの家にお泊まりするんだって。この前の手紙に、お祭りの時はお宿が混むから、家に泊まっていいって書いてあったみたいです。だからこのまま僕達はセルタールおじさんの家に向かいます。

セルタールおじさんの家は、僕の家と同じくらい大きな家でした。門を通って窓から家を見てたら、使用人さんとメイドさん達が、玄関前にずらっと並んでいました。真ん中にお兄ちゃんよりも大きいお兄さんが二人、それからママみたいに綺麗な女の人と、カッコいい男の人が立ってました。

馬車が止まると、パパとママが降りて、馬車の外から挨拶してる声が聞こえてきます。早く降ろしてくれないかなぁ。僕達は、パパにいいって言うまで降りちゃダメって、言われたから、まだ降りられません。僕は今にも走りだしたいけど我慢して待ってます。

少ししてやっと挨拶が終わって、パパが馬車の中を見てきました。

「よし外に出ていいぞ。だが馬車を降りたら、ドラック達はドラックパパ達の隣にお座りだ。ポッケとホミュはジョーディのポケットの中にいろ。ミルクはルリエットに抱っこしてもらうんだぞ。勝手に動くのはダメだ」

「はい!!」

「あい！」

『は～い！』

『分かったなのぉ！』

「ジョーディ、分かっているのか？」

お兄ちゃんが最初に降りて、ドラック達がわーって続きます。僕はパパに抱っこしてもらって、そのままママの隣に並びます。横を見たらドラック達はパパに言われた通り、パパ魔獣の所で静かにしてます。ポッケとホミュちゃんも、ポケットの中で静かにしてるよ。

前を向いて、カッコいい男の人にお兄ちゃんが挨拶しました。

「セルタールおじさん、こんにちは!!」

「久しぶりだな、元気にしていたか」

このカッコいいおじさんがセルタールおじさんでした。お兄さん達の名前は、上のお兄さんがルーファスお兄さん、下のお兄さんがリオンお兄さんです。それから綺麗な女の人が二人のママで、リジーナさんです。お兄ちゃんと二人のお兄さんは、久しぶりにいっぱい遊ぼうねってお話ししてます。

最後にセルタールおじさんが僕のことを見て、そっと近づいてきました。パパが僕にご挨拶だぞって言います。

「ちゃっ!!」

僕は元気よく、手を上げて挨拶します。

「初めましてだな。俺はセルタール・バックレー。よろしくジョーディ」

セルタールおじさんのご挨拶に続いて、みんなが挨拶してくれました。

「さぁ、玄関じゃなんだから、中に入ろう。荷物はこっちでやっておく。と、その前に彼らのことなんだが」

　セルタールおじさんがグッシー達のことを見ました。そうだよね、グッシーとビッキーは家に入れないよね。

『我はジョーディ達がいる部屋から見える場所にいたいのだが』

『俺もだ』

　グッシーとビッキーがそう言うけど、どうしよう？

「にょう、にゃいにょ？」

『うん、小屋ないかも』

「へちゃ、にゃい」

『うん、お部屋も分かんないよね』

　でしょう？　みんなでお話し合いです。

「あ～、ラディス、ジョーディはダークウルフの子供達と何をしているんだ？　話しているように見えるんだが」

　セルタールおじさんが、変な顔して僕達を見てました。

「それについてだがなぁ」

　パパが困った顔で僕達を見ました。あっ、ほら、こういう時こそ、ドラックパパ達に言葉が分かるようになる魔法を使ってもらわないと。

パパが、セルタールおじさんに驚くなよって言った後、ドラックパパにお願いしました。すぐにドラックパパが魔法を使ってくれます。

『これでいいだろう？』

「こ、これは」

「あら、まぁ」

「わぁ、なんで⁉」

「どうして急にこのワンちゃんがお話ししてることが、分かるようになったの？」

セルタールおじさん、リジーナさん、それにルーファスお兄さんとリオンお兄さん、みんな驚いてました。

「え〜、本当？」

『ワンちゃんではない。ダークウルフだ』

その後二人のお兄さん達は、魔獣と話せるのが嬉しいみたいで、喋るのが止まらなくなっちゃいました。そんなお兄さん達を、リジーナさんがとりあえず家に入りましょうって言って止めます。それで、グッシーとビッキーのことはあとで決めるから、今は、裏のお庭にいてくださいって言いました。だから、一度グッシー達とバイバイです。

家の中に入ったら、キラキラしている物や、何が描いてあるかよく分からない絵、それに壺？みたいな物が飾ってありました。あと、おじさんの家族全員が描いてある絵も飾ってあったよ。

僕達が連れて行ってもらった部屋は、ソファーとテーブルがあって、僕の家のゆっくりする時の部屋と似ていました。今日から少しの間、僕達はこの家にお泊まりします。お泊まりする部屋にレスターやニッカ、使用人さん達が荷物を運ぶまで、僕達はここで待つみたいです。

パパはソファーに座りながら、僕を膝に乗せて、フローティーの話をしています。ルーファスお兄さん達はドラック達をチラチラ見ています。そのうち僕はパパ達の話に飽きちゃって、退屈な時にやる、後ろに倒れてダラ～とするやつをやっちゃいました。だってお話が長くてつまんないんだもん。

「こら、ジョーディ」

「ハハッ、大人の話は飽きるよな。それにうちの子も、そちらの子達が気になっているようだし。みんながよければ、一緒に遊ばせてもらいたいな」

セルタールおじさんが、ドラック達を見ながら言ってきました。

『僕達？』

『う～ん、どうしよっか』

『会うの初めて』

『初めてなのぉ』

『みんなどうするんだな？』

みんなが小さな声でお話し合いを始めちゃいました。そうだよね。初めてだと緊張するもんね。

そんなお話し合いをするドラック達に、マイケルお兄ちゃんが寄っていって、二人のお兄さんはお友達だから怖くないよって教えてあげてました。みんなで遊んだらきっと楽しいよって。マイケルお兄ちゃんのお友達なら、僕達に意地悪なことはしないよね。うん、飽きちゃったもんね。みんなで遊んで待ってた方がいいよ。

僕が頷いたらドラック達も頷いて、遊ぼうってルーファスお兄さん達に言いました。そしたら二人のお兄さんはニコニコして、すぐに僕達の方に駆け寄ってきます。

僕はパパの膝から下ろしてもらって、マイケルお兄ちゃんと手を繋いで、みんなで部屋の端っこの方に行きました。それでみんなで輪になって座ったら、ルーファスお兄さんたちがドラック達に触っていいか聞きます。

『うんとねぇ、背中ならいいよ』

『あと、ゴシゴシ強く撫でないでね』

ドラックとドラッホにそう言われて、そっとドラック達の背中を撫でるお兄さん達。次に、ポケットから出てきたポッケ達を撫でて、お兄さん達はとっても喜んでました。

撫で撫でが終わったら、みんなで一緒に遊びます。マイケルお兄ちゃんがすごろくみたいなおもちゃを持ってきてくれてたんだ。遊び方は地球のすごろくに似ているけど、違うところもいっぱいあります。

マイケルお兄ちゃんが持ってきたおもちゃは、木で出来たお人形を、サイコロを投げてゴールまで進めていくゲームです。サイコロには魔獣さんの絵が描いてあって、投げて出た魔獣さんの絵によって、進める数が違います。それからすごろくの台は木で出来ているんだけど、マスには魔獣さんの絵と、文字が書いてあるんだ。

最初、僕がサイコロを投げたら二マス進めました。犬のお人形を動かして、止まった所には狼さんの絵が描いてあります。マイケルお兄ちゃんが文字を読んでくれたよ。

「強いオオカミさんとお友達になりました。魔獣カードを五枚貰ってください」

お兄ちゃんが横に置いてあったカードを五枚取って、僕に渡してくれます。こうやって止まった所に書いてある通りに、カードを取ったり戻したりして、最後に魔獣さんカードを一番多く持っていた人が勝ちなんだって。

面白そう！　頑張って一番になろう！

僕とマイケルお兄ちゃんのチーム、ルーファスお兄さんとリオンお兄さんのチームに分かれて、対戦開始です！

ルーファスお兄さん達の番が終わったら、次は僕達の番です。今度はドラックにサイコロを投げてもらいました。ドラックは口に咥えて投げてたよ。

ゴールの前のマスは、貰えるカードも戻すカードも量が多くなります。それまで僕達はたくさんカードを持ってたんだけど、どっちが勝っているのか分からなくなりました。だからドキドキしながらゴールしたよ。僕達は一番になれたかな？

ルーファスお兄さん達もゴールして、ゲームが終了しました。みんなで一枚ずつカードを数えていきます。

「一枚！」

「いちゃい！」

「二枚！」

「にちゃい！」

「三枚！」

「ちゃんちゃい！」

「ははっ、ジョーディの掛け声はなんだ？　あれじゃあ歳を言ってるみたいじゃないか」

「いいじゃない。ああやって言葉を覚えて、練習をして、上手になっていくんだから」

パパ達のそんな会話を聞きながら、僕達はカードの枚数を数えていきます。

「十五枚！」

「……」

「……」

ルーファスお兄さん達は、十五枚って言いませんでした。僕達はルーファスお兄さん達の手と座ってる所を確認します。どこにもカードがありません。マイケルお兄ちゃんはまだ何枚かカードを持ってます。

「やったねジョーディ、みんな！　僕達の勝ちだよ！」

わわ！　初めてで勝てちゃった！　やったぁ!!　みんなは走り回って、僕は高速ハイハイで喜びます。

こんなに楽しいおもちゃだなんて！　嬉しくて、もう一回やりたいって思ってたら、パパにそろそろ終わりだって言われちゃいました。泊まる部屋の準備が終わったから部屋に行って、お着替えだって。夜のご飯の準備だね。

お兄さん達にバイバイして僕達はその部屋に行きます。またあとで遊べるかな？

＊＊＊＊＊＊＊

結局夜のご飯の後は、少しだけゆっくりしたら、すぐに寝る時間になっちゃって、ゲームはできませんでした。マイケルお兄ちゃんが、まだ何日かお泊まりするから、また遊べるよって言いました。そうだね、それに、明日からはお祭りと大会があります。早く寝て、明日に備えないとね。

次の日、僕は子供部屋の中で一番に目が覚めました。すぐにドラック達も起きてきて、いつも通りお兄ちゃんが最後まで寝てました。パパ達はもう起きてて、着替えも終わってて、朝のお茶を飲んでたよ。

僕の今日の着替えは、初めてニッカが一人でやってくれました。僕の家で働き始めて一日目で、なんでもやっちゃったニッカ。でも、ここに来る前までは、ママかレスターかベルが、いつもニッカをサポートしてました。

だけど、今日からニッカが一人で僕達のお世話をします。ニッカは僕の洋服が入ってるクローゼットから、ササササッと洋服を用意してました。まだ起きてないお兄ちゃんの洋服も準備します。僕達の用意が終わったら、ドラック達の準備もしてました。それからママとレスターに確認してもらいます。

「いいわね。確かに今日は大会とお祭りで汚れるから、この洋服の方がいいわ」

「ドラック達の首輪に付けるリボンも、こちらでよろしいかと」

ママとレスターがいいって言ったから、すぐにニッカは、自分が選んだ洋服を僕に着せてくれます。

魚釣り大会は水や泥で汚れるかもしれないし、お祭りも食べ物を零して汚れちゃうかもしれません。だから、どんなに汚れても大丈夫な洋服を着ます。

あと、お祭りでは可愛い洋服を着る人達が多いんだって。だからドラック達は首輪にリボンを付けたり、可愛いペンダントを付けたりしてもらってました。

僕が地球でお祭りに行った時は浴衣(ゆかた)を着たんだけど、この世界ではどんな服を着るのかな？

僕達の着替えが終わったところに、やっと起きてきたマイケルお兄ちゃん。でもまだ眠そうで、フラフラしながら洋服を着てました。それでボタンをかけ間違えて、ママに笑われてたよ。

「マイケルしっかりして。ジョーディ達に笑われちゃうわよ」

お兄ちゃんの着替えが終わると、ちょうど朝のご飯の時間で、レスターが呼びにきました。ご飯を食べる部屋に行くと、もうみんな集まってて、セルタールおじさんも、ルーファスお兄さん達も、僕達みたいな洋服を着てました。

「俺達も参加するからね。今日は皆、動きやすく、汚れてもいい服装だ」

セルタールおじさんがそう言いました。大会にはおじさん達も参加するんだね。

「あんまり張り切りすぎて、お前が優勝しないように気を付けろよ」

「心配するなラディス。もし俺が優勝したら、それはそれで住民のために何か考えるさ」

「あなた、そう言うけど、前みたいなことはやめてくださいね。調子に乗って優勝したのはいいけれど、皆にお酒を振る舞いすぎて、あちこちで酔っ払った市民が店を壊したりしたのですから」

「ハハハッ、アレにはまいったよ。まさかあんなことになるとは。まぁ、今回はそれ以外を考えるさ」

そう言って笑うセルタールおじさんを見て、リジーナさんは頭をフルフル振ってます。おじさんが何かしちゃったのかな？

その後の朝のご飯の最中も、みんなはお祭りの話や、大会の話ばっかりしてました。お兄さん達はみんな、子供部門に出るみたいです。僕は小さすぎて一人では釣りができないから、パパと一緒に一般の部に出ることになりました。

釣った魚は冒険者ギルドの人達がチェックして、誰が一番か決めるんだって。

僕、ちゃんと釣れるかなぁ。パパと一緒だから大丈夫だと思うんだけど……あっ、そうだ、ニッカやレスターも一緒にやらないかな？　みんなで魚釣りした方が楽しいよ。あとで聞いてみよう。レスターもニッカも、なんでもできちゃうから、きっと魚もちゃちゃっと釣っちゃうよね。

僕達はご飯を食べ終わったら、まず街のみんなが集まる広場に移動します。そこでセルタールおじさんが挨拶してから、お兄ちゃん達は子供が釣り大会をする場所に移動して、僕達は少し離れた場所で魚釣りをするらしいです。


ご飯を食べ終えて広場に行ったら、もうたくさんの人達が集まってました。それと、大きなテントが建っていました。釣り大会に出る人達は、そのテントにいる冒険者ギルドの人達から、釣り竿や、釣った魚を入れる入れ物を借りています。

僕達も、釣り道具を持ってないから借りに行きます。パパに抱っこされながら、テントに向かいました。その時に僕はニッカとレスターも釣りに参加してってお願いしてみたよ。最初、ニッカは断ろうとしてたけど、パパに何か言われて参加することにしたみたいです。でも、何かあったら、すぐに釣りをやめるからなって言ってました。

レスターは自分の仕事があるから長くはできないけど、最初少しだけ参加してくれるって。よかった。これでみんな一緒に魚釣りができます。

『ジョーディ、ちゃんと我が側にいられる場所で釣りをしてくれ』

「ちゃっ！」

『マイケルもだぞ』

「大丈夫、分かってるよ。あんまり混んでたら、端っこの方で釣ればいいし」

グッシーとビッキーも一緒だから、他の人達の邪魔にならないところで釣りをしないといけません。でもそんな場所があるかなぁ？　だって人が凄いいっぱいいるんだよ。

釣り竿を借りて少しして、セルタールおじさんが、広場の真ん中に用意してあった、大きな台の上に乗りました。その周りには冒険者ギルドの人達が集まってます。

「今日はいい天気に恵(めぐ)まれた。これならば釣り大会も、祭りも、かなり盛り上がるだろう」

そしたら、セルタールおじさんの挨拶が始まりました。

僕はセルタールおじさんが挨拶してる間、ニッカから釣り竿を渡してもらって、ちょっとだけそれを振ってみます。振ってみようとしたけど……長すぎて、それに重くて振れませんでした。それどころか落としちゃって、すぐにニッカが拾ってくれます。

よし、もう一回。しっかり持たなくちゃ。釣りはパパと一緒にするけど、僕だってしっかり竿を持って釣りがしたいよ。

と、思ったんだけど、ぽとん。また落としちゃいました。それを見たパパが、僕にはまだ無理だろうって言いました。そんなことないよ。頑張ればできるはず。セルタールおじさんが長い挨拶してる間に、練習すれば大丈夫！

僕は何回も釣り竿を持ってみます。力を入れて、フンッ！　ぽとん。何回やってもダメでした。せっかく楽しみにしてたのに、自分で持てないなんて。僕の目に涙が溜まってきちゃいます。

「う〜」

「ああ、ほら。パパと一緒にやるんだから、大丈夫だぞ」

パパが僕の背中をぽんぽんと優しく叩きます。

「子供用の釣り竿は、もう出払ってしまっていたものね」

「大丈夫さ。一緒に持って釣っているうちに、気にならなくなるだろう」

僕も一人で釣り竿を持ちたかったなぁ。僕は少し悲しくてグスグスしちゃいます。そしたらニッカがパパに何かをお話しして、どこかに行っちゃいました。どこに行ったのかな？

ニッカがどこかに行っちゃってからも、なかなかセルタールおじさんの挨拶は終わりません。お兄ちゃん達は、早く釣りしたいねってお話ししてます。

その時、挨拶しているセルタールおじさんの所に、リジーナさんが近付きました。それでセルタールおじさんに何か言ったら、セルタールおじさんが背筋を伸ばして、急に挨拶を終わらせました。

「ん、ん。それでは挨拶はこれくらいにして、大会を始めよう！」

一気に広場が騒がしくなりました。冒険者ギルドの人が、お兄ちゃん達、子供釣り大会に参加する子達を呼んで集めます。お兄ちゃん達は先に釣りをする場所に移動するんだって。僕達が移動するはその後です。グスグスしてないで、マイケルお兄ちゃん達の応援をしなくちゃね。

僕は涙を拭いて、ドラック達と一緒に応援します。手を上げて、ぶんぶん振って大きな声を出します。

「ちゃのぉ!!」

『ジョーディが頑張れだって』

『マイケルお兄ちゃん、ルーファスお兄さん、リオンお兄さん、頑張って！』

僕はドラックとドラッホと一緒にお兄ちゃんに頑張れって言いました。

「うん！　僕頑張るよ」

そうしたらマイケルお兄ちゃんが、手を振りながらママと一緒に、呼ばれた方に歩いて行きます。

子供の釣り大会は、後ろの方で家族の人が見てないといけないって決まりがあるんだって。冒険者ギルドの人も見ててくれるけど、何かあったら大変だからって。街の中だからそんなに大変なことは起きないけど、もしもって時のためみたいです。

きちんと集合したお兄ちゃん達。ビッキーもちゃんと一緒に行ったよ。その後、冒険者ギルドの人に、釣りをする場所まで案内されていました。

「では、一般部門の方々、時間まで自由ですので、各自、釣りを開始してください。時間は夕方まで。では開始!!」

お兄ちゃんたちが川に向かってから少しして、セルタールおじさんがそう言いました。

大会の時間は夕方まで。その間ずっと釣りをしててもいいし、途中で休憩しに家に帰ってもいいし、何をしてもいいみたいです。あとは大会の途中でも、自分で納得できる魚が釣れたら、それをギルドの人達の所に持って行って、結果発表まで家にいてもいいんだって。結構自由なんだね。

結果は、今日の夜、お祭りが始まって少ししてから発表されます。優勝すると豪華景品が貰えるんだって。よし！　優勝目指して頑張ろう!!

「さて、それじゃあ私達も行くか。お昼まで釣って、ご飯を食べたらジョーディ達は一度昼寝させて、それから時間までまた釣りをしよう。それでいいよな、レスター？」

「それでよろしいかと」

「よし、みんな移動だ。人の邪魔にならない、あの場所に行くか。うちは大きい魔獣もいるし、人数が多いからな。あそこはいつも、なぜか分からないが、人があまり集まらないからな」

そんな場所があるの？　僕はパパに抱っこしてもらって、みんなでゾロゾロ歩いて行きます。

パパが歩いて行った場所は、街の壁の近くでした。家も何もなくて、椅子が何個かと机が三個あるだけでした。

「ここはみんながゆっくり休憩する場所だ。広場でもゆっくりできるが、ここは何もなくて静かだから、賑やかな場所よりも、主に静かな場所が好きな人達が使う所なんだ」

周りを見てみます。何人か釣りしてる人達がいるけど、街の中心に比べたら全然いません。

「いつもここは人があまりいないんだ。さぁ、始めようか」

パパが待ってろって言って、僕を抱っこから下ろした後、レスターと一緒に釣りの準備を始めます。その間に僕達は、川の中を覗きます。そこには小さなお魚さんがいっぱい泳いでました。時々大きなお魚さんも泳いでたよ。

『お前達、あまり前に出るな。深い場所もあるから危ないぞ』

グッシーがそう言いながら、僕の洋服を咥えて支えてくれます。

大きいお魚さんが釣りたいなぁ。後は綺麗なお魚さんでしょう、それから美味しいお魚さんも！釣ったお魚は結果発表の後、持って帰って食べてもいいんだって。ギルドの人達に渡すと、誰が釣ったか分かるように預かってくれるから、ちゃんと持って帰れるんだ。だから美味しいお魚さんなら、みんなで食べたいなって思います。

「ジョーディ！」

そんなことを考えていると、パパが僕を呼びました。

僕はパパの方によちよち歩いて行きます。パパは置いてあった椅子に座ってて、その椅子の上に、僕をヒョイって持ち上げて座らせてくれました。いよいよお魚釣り開始です。

「いいか。釣りは騒いではいけないんだ。周りのみんなも釣りをしているからな。遊んでもいいが静かに遊ぶんだぞ。ドラック達、吠えてもいいが、小さくな」

『うん！　分かった！』

『静かにだね！』

ドラック達が小さな声で、元気よく返事しました。パパがそのくらいだぞって満足そうにしてます。

それから、僕達の隣にはレスターが座りました。ニッカはどこに行っちゃったのかな？　もう魚釣り始まっちゃったよ。僕は周りをキョロキョロ見ます。パパがどうしたんだって聞いてきたから、ニッカはどこかなって、ドラック達に聞いてもらいました。そしたら、ニッカは用事で外していて、でもすぐに戻ってくるって言われました。

本当？　ニッカは僕の家に来てから、とっても大忙しでした。なんでも自分でやっちゃうから、仕事がいっぱいになっちゃうんだよね。本当に早く戻ってきてくれるのかな？

そんなことを考えている僕の目の前で、パパが針に餌を付けます。鳥のお肉が餌だって。餌を付け終わったら、いよいよ川に向って投げます。パパと一緒にあの長すぎて、僕だけだと持てない釣り竿を持ちます。パパが行くぞって言って、後ろに竿を倒して、次は勢いよく前にヒョイ！って投げました。川の真ん中に、餌の付いた針が飛んで行きました。

それを見ていたドラック達が、僕達もやりたいってレスターにお願いします。まずはドラックから。ドラックも僕みたいに、レスターの脚の間にチョンとお座りしました。それからレスターの竿を持ってる手に自分の手を重ねて……ヒョイ！　ドラックも上手に川の真ん中に針を飛ばせたよ。

後はお魚さんが釣れるのを待つだけです。待ってる間に、近くにいた人が最初にお魚さんを釣りました。パパが、なかなか大きな魚だなって言ってました。たぶん僕の顔くらいの大きさかな？

次に釣ったのも、近くで釣ってる別の人でした。釣ったのは、赤と青のシマシマのお魚さんでした。あれはとっても美味しいお魚さんだってパパが教えてくれたよ。

みんなは次々にお魚さんを釣っていきます。でも僕達は……全然釣れません。時々ツンツン糸が動くんだけど、パパがまだまだダメだって止めてきます。もっとぐんって引っ張られないとダメみたい。ドラックの方も同じような状況でした。

「たのねぇ」

『うん、釣れないねぇ』

「りゅのぉ！」

『うん、頑張ろう！』

僕はドラックとお互い励(はげ)まし合います。

それから少しして、ドラックの釣り竿がぐんっ！と曲がって、糸もピンって張って、川の向こう岸の方に引っ張られました。

「行きますよ、一緒に引っ張ります！」

レスターがそう言って、ドラックと一緒に釣り竿を上に上げます。ビュンッて糸が跳ねて、さっき見た赤色と青色のシマシマのお魚さんが、空中に飛び出ました。こっちに向かって飛んできたお魚さんを、レスターが隣に置いてあった網で、空中キャッチ！

「にょおぉぉぉ!!」

『釣れた!!』

『やったなのぉ!!』

『凄いんだな!!』

ドラック、美味しいお魚さんを釣りました。ドラックが喜んで、ホミュちゃんとミルクが褒めます。さっきの人のよりも大きいみたいです。やったねドラック!! よし、今度は僕の番!! 僕は気合を入れます。レスターの方は今度はドラッホが一緒に釣るみたいです。

それで、みんなどんどんお魚さんを釣っていったんだ。ドラック、ドラッホ、ポッケ、ミルク、みんな釣ったんだよ。ホミュちゃんなんか、自分で川の中にサッと潜って、自分よりも大きいお魚さんを掴んで、川から出てきたの。全然水しぶきが立たなくて、シュッ、シュッて感じでカッコよかったです。

それなのに、僕はその間、一匹もお魚さんが釣れませんでした。あと少ししたら、お昼ご飯の時間になっちゃいます。僕達がお昼ご飯で戻っちゃっても、またグッシー達を連れてこれるように、レスターがこの場所を取っておいてくれるみたいで、お昼からも釣りはできます。でも……僕もお昼までに一匹ぐらい釣りたいよ。全然釣れなくて、飽きてきちゃったし。

僕はパパの脚の間で、ちょっと体をだらぁってさせます。そんなことをしてる時でした。

「待たせた」

いきなり後ろからニッカの声がしました。なんとか椅子の上で振り向いたら、ニッカが小さい棒を持って立ってました。

「これならどうですか」

ニッカが僕に小さな棒を渡してきました。棒には糸が付いていて、糸の先っぽには針じゃなくて、小さいビーズみたいに綺麗な石が付いてました。

「おお、本格的じゃないか。よくこんなに早く作れたな」

この棒は、ニッカが僕のために、特別に作ってきてくれた、子供用の釣り竿でした。本当の釣りはできないけど、僕が持つにはちょうどいい釣り竿のおもちゃです。これを作るために、ニッカはどこかに行ってたんだね。

ニッカありがとう!! 僕は座り直して、僕専用の釣り竿を振ってみます。糸の先の石があっちに行ったり、そっちに飛んだり。楽しい!! 僕はどんどん振ります。

「痛っ!!」

ん? 今何かにぶつかった? 僕は振り返ります。それでパパの顔を見たら、パパは顔の真ん中を手で一生懸命さすってました。

「まさかそんなに振り回すとは。余程気に入ったのか? 痛てて……」

顔から手を離したパパ。パパの顔の真ん中に真っ直ぐな赤い線が。パパはすぐにヒールをしようとします。その時でした。

グンッ!! パパが持ってた釣り竿が思いっきり曲がって、糸が向こう岸に向かって動きます。

「旦那様!!」

レスターが大きな声を上げます。

「こんな時に! ジョーディ、魚だ!! 一緒に持ち上げるぞ!!」

パパがそう言ったので、僕は急いで僕の釣り竿をニッカに渡して、パパと一緒に釣り竿を持ちました。

「この感覚は……大きいな。ジョーディ。思いっきり、釣り竿を上げるんだぞ。こうだ」

パパが釣り竿を少し動かします。その間も糸が引っ張られて、釣り竿は凄い勢いで曲がっていきました。僕はパパに、どんな風に釣り竿を持ち上げればいいか聞きます。

「ぴょん?」

「ぴょん? あ〜、まぁ、そうだな。ぴょんでいいだろう。いくぞ!」

しっかり釣り竿を持ちます。隣でドラック達が大きな声で応援してくれたよ。周りで釣ってた人達も、みんなが応援してくれます。

「よし!! ぴょんってしろジョーディ!!」

「ぴょん!!」

パパと思いっきり釣り竿を上げます。一回では釣り上げられませんでした。レスターとドラック達が釣ってた時は、ヒョイって一回釣り竿を上げただけで、お魚さんが空中に出てきたのに、今は全然出てきません。

それに、釣り竿がこのままじゃ折れちゃうんじゃないかって思うくらい曲がってます。

パパがもう一回だって言って、上げてた釣り竿を下げます。その後すぐ、もう一回力強く釣り竿を引き上げます！　でも、またダメでした。

「くそっ、本当に大きいな。まさかこんな大物が食いつくとは。ジョーディと一緒になんとしても釣り上げてやる」

パパが片手で僕を椅子から下ろして、片足をつきます。その前に僕が立って、釣り竿を持ち直しました。パパ、頑張ろう‼　絶対に釣ろうね‼

気合を入れて、パパの掛け声を待ちます。釣り竿を元に戻して……

「持ち上げろジョーディ‼　びょんってするんだ‼」

「びょん‼」

今までで一番思いっきり、釣り竿を持ち上げました。

そうしたら空中に大きな大きなお魚さんが飛び出しました。隣にいたレスターが、すぐにお魚さんに向かって網を出します。お魚さんがスポンッて網に入ります。大きな網だったんだけど、お魚さんは入りきらなくて、しっぽが少し網から出ちゃってました。

レスターは急いで網をこっちに引き寄せて、地面の上に置きます。僕もドラック達も、パパも、みんなで網の中を覗きました。網の中には頭と体が真っ黒で、しっぽだけ真っ白のお魚さんがいました。パパがお魚さんのしっぽを持って持ち上げます。僕の顔の三倍くらいの、大きなお魚さんでした。

僕達はお魚さんをジロジロ見ます。それからつんって触ってみます。その時でした。周りの人達が拍手してくれました。それから僕に、頑張ったな、凄いぞって言ってくれました。えへへ。凄いでしょう。

周りの人達は、僕達が釣り上げた魚について、感想を言い合ってます。

「まさか、こんな大きいサイズのものを釣り上げるとは」

「この街の川で釣れたのは初めてでは？」

このお魚さんの名前は、ブラックミーって言うらしいです。とっても美味しいお魚さんで、さっきみんなが釣った赤と青のお魚さんよりも美味しくて、お店で食べるとすっごく高いお魚さんなんだって。

しかも僕とパパが釣った、大きいサイズのブラックミーは、さらに珍しいらしいです。大きいブラックミーは、森の奥の方の川にだけ住んでて、そこは冒険者さんじゃないと釣りに行けない危ない場所だから、なかなかみんな食べられないんだって。

「ジョーディ、これはもしかしたら、優勝できるかもしれないぞ」

そんなに凄いお魚さんを僕とパパは釣ったんだね。ドラック達がそれを聞いて、僕とパパの周りを飛び跳ねたりします。それから凄い凄い、優勝優勝って叫びました。

お魚さん用の入れ物が小さすぎて、レスターがさっきの広場まで、別の入れ物を取りに行ってくれました。その間にグッシーが地面に穴を掘って、そこに魔法でお水を入れてくれたので、一旦そこにお魚さんを入れておきます。

釣ってる間にお昼のご飯の時間になったから、ニッカが周りを綺麗に片付けて、レストランに行く準備をします。そのうちにレスターが戻ってきました。

『大きな入れ物！』

『僕達が二匹ともすっぽり入っちゃうね！』

ドラックとドラッホがそう言います。うん、それくらい大きい入れ物じゃないと、このブラックミーは入らないもんね。

「この魚はどういたしましょう？　午後にお戻りになるまで、私がここで見ていましょうか？　それとも先にギルドにお持ちになりますか？」

「いや、ギルドに預けると見られなくなるからな。ジョーディ達はご飯から戻ってきてからもまた見たいだろう。このまま置いておいてくれ」

「かしこまりました」

「よし、とりあえず、食事に行こう。それからジョーディは昼寝をして、また釣りだ」

僕達はここに残ってくれるレスターにバイバイして、みんなでご飯を食べるお店に出発です。そのお店でマイケルお兄ちゃんとママと待ち合わせをしてるんだ。お兄ちゃん達はいっぱいお魚さん釣ったかな？　僕とパパが釣ったブラックミーは、あとで見せてあげるからね。

お店に行ったら、もうママ達がいました。ルーファスお兄さん達は家でご飯を食べるんだって。

「ジョーディ、みんな、いっぱい釣れた？　僕はね……」

お兄ちゃんはもう七匹も釣ったんだって教えてくれました。僕はドラック達とお話し合いです。

「ちゃのぉ？」

『どうしようか』

『内緒にする？』

『あとで教えてびっくりさせてもよくない？』

みんな、あとで教えてびっくりさせたいみたいです。僕もあとで驚くマイケルお兄ちゃんが見たいなぁ。うん！　今は内緒にしよう!!

「ちょ!!」

「ちょって、釣れたってこと？」

『内緒だよ！』

『あとでお楽しみなの！』

ドラックとホミュちゃんにそう言われて、マイケルお兄ちゃんはちょっとブスッとしています。

「え〜！」

うへへへ。マイケルお兄ちゃんきっとびっくりするよ。とっても大きくて、とっても美味しくて、街で釣るのはとっても珍しい、大きなお魚さんのブラックミー。大会が終わったら持って帰れるから、みんなで一緒に食べようね。

マイケルお兄ちゃんはなんで教えてくれないのって、ご飯の間ずっと聞いてきたんだけど、僕達はみんな黙っています。お兄ちゃんはブーブー言って、ご飯を食べ終わったらすぐにまた釣りに行っちゃいました。

僕はご飯を食べ終わったら、セルタールおじさんの家に戻って、ぐっすりお昼寝しました。だから起きた時は目がパッチリでした。これでまた頑張れます。川に戻ったらレスターに、待っててくれてありがとうって言って、また釣りを始めました。

川には朝もいた人達が何人かいます。でも、何人かはもう釣らなくてもいいって言って、帰っちゃったんだってレスターが言ってました。僕は最後までお魚釣りするもんね。ニッカに僕の釣り竿を作ってもらったし。

僕は朝そうしたみたいに、パパと一緒に椅子の上に座ります。ドラック達は、今度はニッカと一緒に釣りをします。レスターは僕達を待ってて疲れちゃったみたいなので休憩しています。休憩が終わったら、魚を広場まで運んでくれるみたいです。

最初に釣ったのは、やっぱりドラックでした。横で見ていたドラッホが残念そうにしています。ドラックとドラッホが最初に一緒に釣りを始めたんだけど、勝ったのはドラックです。ドラック、魚釣りの才能があるのかな？

でも、ニッカも凄いんだよ。二匹と一緒に釣りしてるんだ。ドラックとドラッホの次はポッケとミルクです。それで、ポッケは針を入れたとたんに、お魚を釣っちゃいました。それを見て、ミルクが悔しそうにしてます。

ホミュちゃんは競争しないで、川に突撃して連続で三匹のお魚を捕まえていました。

僕は……朝と一緒で全然釣れません。お昼前に、あのブラックミーが釣れていてよかったです。だってもし、このまま釣れなかったら凄く悲しい気持ちになったと思います。

全く釣れないから、やっぱり途中で飽きちゃいました。僕は、本物の釣り竿をお魚さんが来るまで、パパに任せることにしました。そして、ニッカが作ってくれた釣り竿を、本物の釣り竿みたいにして遊びます。

パパが川に針を入れたら、僕も投げ入れます。投げて糸の先っぽに付いてる綺麗な石を川に入れて遊びます。パパが餌を付けるために戻したら、僕も戻します。おもちゃだから釣れないけど、僕の釣り竿だもんね。朝みたいに、重くて落としたりしません。

『我も見ているばかりで飽きたな。どれ』

途中で後ろに座ってたグッシーが僕達の横に立ちました。川の岸すれすれに立って、川の中をじっと見つめます。どうやって取るのかな？　ホミュちゃんは足で掴んでたけど、グッシーは嘴？　小さなお魚さんじゃ、呑み込んじゃわない？

僕は一度釣りをやめて、グッシーがお魚さんを獲る様子を見つめます。ドラック達も集まってきました。次の瞬間、グッシーが川へ向かって飛び込みました！

そしたら水しぶきが僕達の方に勢いよく飛んできます。ドラッホパパが慌てて結界を張ってくれたから、濡れなくて済みました。結界を消してもらってグッシーを見ます。グッシーの足には、さっき僕が釣ったブラックミーより、少し小さいお魚さんがいました。グッシーも足でお魚さんを捕まえたんだね。

『グッシー、オレが咄嗟に結界を張らなければみんなずぶ濡れだったぞ‼　気を付けてくれ！』

「そうだぞ、いくら汚れてもいい服を着ているとはいえ、ずぶ濡れになったら風邪をひくかもしれないし」

ドラッホパパとパパが、そう言ってグッシーのことを注意します。

『すまんすまん。久しぶりでな。思わず力が入った』

そしたらグッシーはお魚さんをそのまま、入れ物にヒョイッて投げて入れました。それから二回続けて魚を捕まえて、ヒョイヒョイ入れ物に投げ入れていくグッシー。パパ達が気を付けろって言ったのに、毎回僕達の方に水しぶきが飛んできてました。ホミュちゃんの方が捕まえるの上手だね。

僕達はその後時間ギリギリまで魚釣りをして、小さなお魚さんを二匹釣りました。いいもん。僕はもう大きなお魚さんを釣ってるもんね。

「さぁ次、餌がなくなったら最後にしよう。ちょうどいい時間だろう」

「そうですね。では私達はそろそろ帰り支度をしたいと思います。ニッカ」

「はい」

レスター達が立ち上がります。これで魚釣りも終わりかぁ。楽しかったなぁ。僕も最後に、パパに合わせて自分の釣り竿を川に投げます。すぐにパパの竿がぐいんって曲がって、最後はパパが自分で釣りました。これで終わりだね。

僕も自分の釣り竿を上げて……ん？　何か糸が引っ張られてるような。気のせいかな？　僕はもう一度釣り竿を上げてみます。全然上がりません。やっぱり引っ張られてる!?　僕は急いでパパを呼びます。

「ぱ～ぱ!!」

「なんだジョーディ。どうした？　もう帰る……おい!?　まさか!?」

パパが僕の釣り竿を見てびっくりしてます。それに気づいたニッカ達も同じです。パパが急いで僕の釣り竿を持ってくれて、一緒に引っ張ってくれます。

「針が付いていないのに、どうやって食いついてるんだ！」

『ジョーディ頑張って!!』

『引っ張れ～!!』

ドラックとドラッホが僕を応援してくれます。うん!! 最後、絶対に釣るからね!! 僕は一生懸命釣り竿を上げます。

糸はそんなに長くなくて、釣り竿も短いのに、ぐいいぃって凄い力で引っ張られます。パパが叫びました。

「ジョーディ！ びょんだ!!」

「びょん!!」

パパに言われて、僕は全力で釣り竿を引っ張りました。

水面で水しぶきが上がります。持ち上げた糸に食いついていたお魚さんが取れて、宙に浮かびました。お魚さんがグッシーの方に飛んで、グッシーがそのお魚さんを、嘴で摘まみます。そのまま、新しく持ってきていた、予備の入れ物の中にお魚さんを投げ入れました。

僕は高速ハイハイで入れ物の所に行きます。ドラック達もすぐに集まりました。僕達が入れ物の中を覗き込むと、そこには……

「きりゃあ？」

『うん、キラキラだね』

『とっても綺麗！』

『頭からしっぽまでキラキラ』

『顔は可愛いなの!!』

『初めての魚なんだな』

入れ物の中にはとっても綺麗な、キラキラの光るお魚さんが泳いでました。僕とドラック達は、お魚さんを見る角度を変えてみます。このお魚さん、見る場所を変えると、キラキラの色が変わるんだよ。

上から見て、左から見て、右から見てみます。最初はピンク色にキラキラ光ってたのに、青色のキラキラになったり、緑色、黄色のキラキラにも見えます。

それにしてもこのお魚さん、とっても力持ちだよね。僕の手が五つ分くらいの大きさなのに、凄い力で引っ張ってました。

ふう、帰る前に、こんなに綺麗なお魚さんが釣れるなんて、よかったぁ。ニッカの作ってくれた僕のおもちゃの釣り竿は凄かったね。針も餌も付いてないのに、お魚さんが釣れちゃうなんて。うん、これはおもちゃだけど、お出かけする時は必ず持っていって、お泊まりの時とか、途中の休憩の時、川が近くにあったらこれで釣りするのがいいかも。

お兄ちゃんの作ってくれた大切なおもちゃもあるけど、楽しい物は何個あっても困らないよね。これでもっと馬車の旅が楽しくなるはず。絶対そっちの方がいいよね。

あれ？　そういえばパパ達はどうしたのかな？　せっかく最後に綺麗なお魚さんを釣ったのに、何もお話ししてくれません。僕はパパ達の方を見ました。

「にょ？」

パパも、いつもあんまり驚かないレスターもニッカも、みんな驚いた顔をして固まってました。どうしたの？　とっても綺麗なお魚さんだよ。あんまり大きくないから、優勝はできないかもしれないけど、綺麗なお魚さんだから持って帰って、家のお池で飼おうよ。

そう話そうと思った僕。でも僕がお話しする前に、パパが叫びました。

「いや、おかしいだろう‼」

おかしい？　何が？

「なぜここに、この魚がいるんだ！」

パパがそう叫び、レスターとニッカも珍しそうにお魚さんを見つめています。

「見たのは何年ぶりでしょうか」

「俺は初めて見た。話には聞いていたが、本当にいるんだな」

え、なになに？　もしかしてこのお魚さんも珍しいお魚さんなの？

このキラキラしたお魚さんの名前は、ジュエリーフィッシュで、宝石みたいなお魚さんだってパパが教えてくれました。このお魚さんは、ブラックミーよりも、もっともっとも〜っと珍しいお魚さんらしいです。

岩場の洞窟の奥の奥、一番奥の川に住んでて、そこまで行くには、パパ達でも倒すのが大変な魔獣さん達を倒して行かないといけないの。

どれくらい大変かっていうと、パパとママ、レスターやベル、みんなが一緒に戦っても、倒せるか分からないくらい強い魔獣さんを、何十匹も倒さなくちゃいけません。

しかも、もし魔獣さん達を全部倒せて、一番奥まで行ったとしても、ジュエリーフィッシュは隠れるのがとっても上手だから、すぐに安全な場所に逃げちゃうらしいです。

体が色んな色に見えるのは、自分の体を好きな色に変えられるからで、その時に隠れてる場所に合わせて体の色を変えちゃうから、余計見つからなくなっちゃうんだって。

だから幻の魚って言われてるみたいです。パパが前に見たのは、パパがまだ学校に行ってた頃だって。それってどのくらい前？　パパって今何歳？　まぁいっか。とりあえずとっても前ってことなんだ。

「たまたまここに来たとしても、絶対に人間に近づくような真似はしないだろう。それがどうして。しかも釣り上げたのは、ジョーディのおもちゃの釣り竿だぞ」

『この魚なら、朝お前達がここに来て少ししてから、泳いで来ていたぞ。それからはずっとジョーディの様子を窺っていた』

グッシー、ジュエリーフィッシュのことに気づいてたんだって。

『確かにこいつは気配を消すのが上手いからな。ドラックパパも気づかなかっただろう？』

『普通の魚と違う気配が近づいてきたのは、なんとなく感じていたが。そうか、この魚の気配だったのか』

『我は完璧に気配が分かったがな。お前達ももう少し鍛錬をし、さらに強くなれば、分かるようになるだろう。まぁ、それは置いておいて、この魚はどうもジョーディのことを気に入っているようだぞ』

僕のこと？　グッシーが言うことには、ジュエリーフィッシュは川の中に隠れながら、ずっと僕のことを見てたらしいです。僕がお昼のご飯とお昼寝に行っちゃっても、レスターがいてくれたおかげで、きっと僕が戻ってくるって思って、ずっとここにいたみたい。グッシー、なんでそんなことが分かるの？　お魚さんとお話しできるの？

「なちぃ、りゅのぉ？」

『なんでお魚さんのこと分かるの？って』

『ねぇ、グッシー、お魚さんとお話ししたみたいなこと言ってるもんね』

僕が不思議に思ったことを、ドラックとドラッホがグッシーに伝えてくれます。

『ん？　みたいではなく、話をしているぞ。完璧には分からないが、ほぼほぼ理解している』

「魚の言葉が分かるのか⁉」

パパが驚いてグッシーに尋ねます。

『ああ。このジュエリーフィッシュ、なかなかの魔力を持っているからな。普通の魚では無理なことが、この魚にはできるんだろう。だから力がある我と話ができる。それでジュエリーフィッシュよ、これからのことなのだが……』

グッシーがジュエリーフィッシュとお話を始めました。

『ふむ、ふむ、そうなのか』

なかなか話が終わらないグッシーとジュエリーフィッシュ。話してる間に、レスターとニッカが片付けを始めます。周りで釣りをしてた人達も、どんどん帰って行っちゃって、残りは僕達と、あと数人になりました。

グッシー達のお話が終わったのは、他の人達がみんな帰っちゃってから。パパが、早く魚を広場にいる冒険者ギルドの人達の所に持って行かないと、受付してもらえないぞって言いました。そうなったら僕達はせっかくお魚を釣ったのに、大会に参加できなくなっちゃいます。

大変！　早く広場に戻ってお魚さんを出さないと!!

『では向かいながら話をしよう』

ニッカが今までに釣った魚を全部持ってくれて、レスターがジュエリーフィッシュの入っている入れ物を持ってくれます。早く戻らないといけないから、僕とミルクはグッシーに乗って、ドラック達はドラックパパ達に咥えられて、急いで広場に向かって歩き始めました。

ホミュちゃんは、何回も川の中に入って、毛がビショビショでした。グッシーの風魔法で乾かしてもらってる時間もないから、パパがタオルにくるんで運んでくれます。そのまま僕のポケットに入ったら、僕の洋服もポッケも濡れちゃうからね。

でも……ホミュちゃんってこんなに小さかったんだ。今ホミュちゃんは、凄く縮んじゃってます。

いつもは僕の両手に乗るくらいの大きさなのに、今は僕の片方の手よりも小さいです。

毛がもふもふだったから大きく見えたけど、もふもふしてるだけで、体はとっても小さかったんだ。こんなに小さいって思ってなかったから、僕はビックリしちゃいました。ドラック達もビックリしてたよ。


『それでだが、このジュエリーフィッシュが言うには……』


歩き始めて少しして、グッシーがお話を始めました。ちゃんと聞いておかなくちゃ。

ジュエリーフィッシュは、ずっと前に洞窟から出てきて、旅をしてたんだって。洞窟にいるのが飽きちゃったみたい。暗いし、強い魔獣に狙われるし、それから隠れてばっかりでやることがないし。

洞窟から出たジュエリーフィッシュは、色々な川を泳いで、ちょっと前にシオリナの街に到着しました。それで前に住んでた洞窟からだいぶ遠くまで旅をしてきたから、ちょっと休憩しようと思って、街の川に隠れていたらしいです。

そしたら今日いきなり、たくさんの人が川に来ちゃって、ジュエリーフィッシュは慌てて人が少ない所に逃げました。僕達が釣りを始めたちょっと向こうの方で隠れていたんだって。

僕達のことを観察していたジュエリーフィッシュは、僕の周りに、魔獣さんがたくさんいることに気づきました。

僕の周りにはドラック、ドラッホ、ポッケにホミュちゃん、それからミルクにグッシーに、ドラックパパ達もいます。ジュエリーフィッシュは、今までこんなにいっぱい、魔獣さんと一緒にいる人間を見たことがなかったんだって。

だからちょっと気になって、ジュエリーフィッシュは僕達の近くに寄ってきました。そうして僕達を観察してるうちに、一緒に遊びたくなったんだって。

『さっきも話した通り、今まで長い旅をしてきて、かなり疲れているらしい。そこで魔獣と仲良しのジョーディの側ならば、ゆっくり休めるのでは、一緒に遊べるのでは、と思ったらしい。ジョーディに釣られるのは、なかなか楽しい遊びだと言っていたぞ。我が一緒に来るか？と聞いたら、ぜひついていきたいと、そう言っていた』

「このジュエリーフィッシュがそう言ったのか」

『その通りだ、ラディス。魔力が強いと言っただろう。普通の魚は話せないが、このジュエリーフィッシュは話せるようだ。お前達は、この魚の言葉が分からないのか？』

「ちゃの？」

あれ？　そういえば？　グッシーは話せるって言ってるのに、なんで僕達は分かんないんだろう？

『ジュエリーフィッシュの魔力量では、さすがにジョーディ達には言葉を伝えられないか？』

そこでグッシーがドラックパパに、いつもより魔力を多くして、魔法をかけてみろって言いました。咥えられてたドラック達がピョンッて下に降りて、ドラックパパが魔法をかけてくれます。

『よし、ジュエリーフィッシュよ、話してみろ』

『こんにちは』

わわ、女の子の声!! ちゃんと聞こえた!!

『私の名前はチェルシー。よろしくね。さっき、このグリフォンに聞いたのだけど、この中では私が一番年上だわ。だから、私のことはチェルシーお姉さんと呼んでね』

ジュエリーフィッシュ、名前はチェルシーで、お姉さんだって。僕達はみんなでチェルシーお姉ちゃんにご挨拶します。

「ちゃの!!」

『こんにちは!!』

『チェルシーお姉ちゃん、よろしくね!』

『ふふ、よろしくね。それでこれからのことなのだけど……』

よかった、ちゃんとお話しできるようになって。しゃべれるようになったパパが、チェルシーお姉ちゃんとお話を始めました。

「そうか。私は気にしないが、君はそれでいいのか?」

『ええ、もう隠れて過ごすのも疲れちゃったし、これからはゆっくり、ジョーディ達と遊びながら過ごしたいわ。もちろん、あなた達のように、陸で生活することはできないから、池の中か、どこか水を用意してもらって、その中で遊ぶことになるけれど。ジョーディ達はどう？』

チェルシーお姉ちゃんは、水が入った入れ物を用意して、今みたいに運んでくれれば、いつでも一緒に遊べるわよって言ってます。

それを聞いて、僕達はみんなでお話し合いをします。でも、そのお話し合いはすぐに終わったよ。だってみんなチェルシーお姉ちゃんと一緒に遊びたかったんだもん。だから一緒に家に帰ろうって言いました。

『じゃあ決まりね。ジョーディのパパもそれでいいかしら』

「みんながそれでいいなら、私はかまわない。今さら誰かが増えたところで驚かないよ。ただ今はどうするか。レスター、どうやってチェルシーを連れて帰ろうか」

「大騒ぎになりそうですし、あまり人前に出したくはありませんね」

「ただ、あの時釣ったのを、見ていた人々もいたからな」

そうだ。僕達は魚釣り大会に出てるんだもんね。もうすぐ釣った魚を判定してくれる、冒険者ギルドの人がいる広場に到着します。

チェルシーお姉ちゃんはとってもとっても珍しいジュエリーフィッシュだから、出したらみんなが寄ってきて、大変になっちゃうかも。みんなが見たくて集まりすぎちゃうとか、その後僕達の所になかなか帰ってこれなくなっちゃったりしたら困ります。それに、チェルシーお姉ちゃんは今まで隠れてたんでしょう？　みんなの前に出るの、嫌じゃない？

グッシーはチェルシーお姉ちゃんに釣り大会の説明をします。お姉ちゃんはそれを聞いて、だから人が急に集まってきたのねって納得したみたいです。

『私、出てもいいわよ』

そして、チェルシーお姉ちゃんが僕達にそう言いました。

『本当にいいのか？　急に大勢の人間の前に出ることになるぞ』

グッシーが、驚きと心配が混じったような顔でチェルシーお姉ちゃんにそう尋ねます。

『だって、ジョーディを優勝させてあげたいじゃない。私はみんなよりお姉ちゃんだもの。だから、私が大会に出ている間、グッシー、私のことをちゃんと警護してちょうだい。あなたがいれば、簡単に近づいてくる人間はいないでしょう？』

お姉ちゃんはそう言ってくれたんだけど、パパが危ないからやめた方がいいって止めます。僕もそう思います。だって、街の人達がほとんど集まるんだよ。でも、お姉ちゃんは絶対に出るって言いました。みんなに自分の綺麗な姿を見せびらかしたいんだって。

広場の入口についても、お姉ちゃんは絶対に出るって言って決意を曲げません。最後はパパが分かったって言って、お姉ちゃんは大会に出ることになりました。他に釣った魚も全部出します。

レスターがパパにお姉ちゃんの入ってる入れ物を渡して、先に冒険者ギルドの人達の所に行きます。それで、ギルドの人と一緒に戻ってきました。

「お話は伺いました。こちらへどうぞ」

ギルドの人は僕達を、他のみんなが並んでいるのとは別の所に連れて行きました。着いた場所は釣り道具を借りたテントの裏でした。そこにはお魚さんが入ってる入れ物がたくさん置いてあります。全部大会の参加者が釣ったお魚さんなんだって。

あと、ギルドの人達がいっぱいいました。その中の一人が、僕達に近づいてきます。僕はその人を、じっと見ちゃいました。だって、とっても大きい人で、お髭がいっぱい生えてたんだ。髪型は、爆発に巻き込まれたみたいに、ボンッてしてました。僕、この人のこと、どこかで見たことがあるような？

考えてるうちに、大きい男の人は僕達の前で止まって、いきなりパパの肩をバシバシ叩きました。それから背中も叩いて、パパがゴホゴホ咳します。う～ん、本当に誰だっけ？

「久しぶりだなラディス!!　この前の事件では、かなり活躍してたみたいじゃないか!!」

大きい男の人は、声もとっても大きくて、僕達はびくっとしちゃったよ。でもこの大きな男の人、パパの知り合いみたいです。

「お久しぶりです、ダンゾーさん」

「最近は全然こちらに来てないようだったが、そうか、下の息子が生まれたからだったのか」

そう言って、男の人は僕を見てきます。僕を見たとたん、今までも笑顔だったけど、もっとニカッて笑いました。

「俺はこの街のギルドマスター、ダンゾーだ。分かるか、ギルドで一番偉いんだぞ。と、言っても分からんよな。ガハハハハハッ!!」

僕は、ダンゾーさんのこと、また見つめちゃいました。その時、ドラックがグッシーに乗ってきて、ダンゾーさんのことを見たことがあるって言ってきました。ドラックも？　僕もなんだ。ドラックのお話を聞いて、ドラッホも乗ってきて、みんなが見たことがあるって言い始めます。

みんながそう言うってことは、絶対にどっかで見たことがあるんだよ。僕達が忘れちゃってるだけで、本当はどこかで、例えばお宿で会ったことがあるとか……

「ラディス、お前のところの息子は、魔獣と話しているように見えるんだが？」

「ハハハ……詳しい話はまたあとでします。ジョーディ、ご挨拶しなさい」

みんなで考えてたんだけど、パパに言われて、慌ててご挨拶します。

「ちゃの!!」

「おう！　元気な挨拶だな!!」

ほらみんなもご挨拶だよ。僕がそう言おうとした時、ポッケがあっ!!って言って、ポケットから出てきて僕の肩に乗りました。それからコソコソ、僕にお話ししてきます。

『ジョーディ、この人、絵本で見たことあるよ。ほら魔獣達が色々な競技をして遊ぶやつ』

あっ!!　そうだ!!　僕、絵本の中で見たことがあったんだ!!　ポッケのおかげで思い出しました。

ダンゾーさんは絵本に出てきたクマさんに似てるんだ。顔とか体が大きい所とか、もしゃもしゃのお髭とか、爆発に巻き込まれたみたいな髪形とか。ちょっと茶色い毛もクマさんにそっくり。クマさんに似てるって分かった僕達は、スッキリした気分でパパに話しかけました。

「ぱ〜ぱ！　ましゃん‼」

「ジョ、ジョーディ！」

「ん？　なんだ？　ましゃんって」

「ダンゾーさん、こ、これは……いや、その……」

「なんだその反応は？　ああ、もしかしてマイケルと同じアレか？　ましゃんの『ま』はクマの『ま』で、『しゃん』はクマさんの『さん』だろう。ハハハ、お前達はやはり兄弟だな。同じ反応をするとは。マイケルの時は『ま〜しゃん』だったか？」

「も、申し訳ない！」

「気にするな。いつものことだ。ジョーディ、そうだぞ、俺はクマさんだぞ」

ダンゾーさんが僕のことを抱きあげて、「たかいたかい」をしてくれました。それから僕のことをとっても高く放り投げてキャッチ。とっても楽しかったです。僕の後にドラック達もやってもらってました。

少しだけダンゾーさんに遊んでもらった後、パパがチェルシーお姉ちゃんをダンゾーさんに見せました。ダンゾーさんはお姉ちゃんを見た瞬間、とっても驚いていました。僕達がわざわざテントの裏まで来たから、珍しい魚を釣ってきたんだなって思ったと言っていたけど、まさかこんなに珍しい魚だなんて思ってなかったみたいです。

「まさかこんな所にいるとは。本当に出すのか？　かなりの騒ぎになるぞ。まぁ、俺が責任をもって、この魚に誰も触れられないように見張りに付くが」

「私達が釣ったところを見ていた者もいますからね。それに、見張りには彼も付きます」

　グッシーが前に出ます。

「ああ、そういえばお前のところには、完璧な見張りがいたな。街の奴らが噂してたが、グリフォンが二匹もいるんだって？」

「はい、もう一匹はマイケルの方に」

　それからパパとダンゾーさん、あとレスターが、これからのお話をしました。お祭りが始まって、大会の結果発表までは、チェルシーお姉ちゃんはずっとテントの中にいるみたいです。そこにはダンゾーさんがいて、グッシーもついていくから安心です。お姉ちゃんが、私のことをちゃんと守りなさいよってグッシーに言ってました。

　お話し合いで決まったことはまだあります。結果発表でみんなの前に出る時も、必ずお姉ちゃんの隣に、ダンゾーさんとグッシーが立っていてくれることになりました。それと、ステージの前にはレスターが立って、街の人達が近づかないようにしてくれます。

　あと、チェルシーお姉ちゃんをお祭りの間だけステージに残して、みんなに見せてくれないかってダンゾーさんに頼まれました。ジュエリーフィッシュはとっても珍しいお魚です。一生見られない人達が多いから、せっかくだから見せてあげたいんだって。それにお祭りの間中見られるって分かれば、結果発表の時に人が殺到しないだろうから、そっちの方が安全だって。

みんなにジロジロ見られちゃうの？　お祭りの間ずっと？　僕はジロジロ見られるのは嫌いです。たくさんの人に見られると、ドキドキしちゃうんだ。チェルシーお姉ちゃんも僕と同じかな？　決めるのは、ちゃんとお姉ちゃんに聞いてからじゃないと。大会も大事だけど、お姉ちゃんの方が大切です。だから、今度は僕達がお話し合いです。

「ちゃの？」

『チェルシーお姉ちゃん、ジョーディは、出なくてもいいよって言ってるよ』

僕の言葉を、ドラックに伝えてもらいます。

「じー、めよ」

『ずっと見られるの嫌でしょう？って』

『確かにずっとは嫌だけれど、でも近くじゃないならいいわよ。だってみんな、私の綺麗な姿を見に来るんでしょう？　ふふ。私ってそんなに綺麗かしらね。こんなことはそう何回もないだろうから、みんなに見せびらかしてやるわ！』

お姉ちゃんはとっても元気です。僕はじっとお姉ちゃんを見ちゃいました。お姉ちゃんがいいならいいけど……でも、嫌になったらすぐに言ってね。そうしたらグッシーかニッカに、すぐに僕達の所に連れて帰ってもらうからね。

「なぁ、ラディス。やっぱり、お前の息子は魔獣と話をしているように見えるんだが？」

「ははは、そうですね……と、とりあえず、ジュエリーフィッシュを移動させましょう」

お話し合いが終わって、チェルシーお姉ちゃんはダンゾーさんと一緒に、テントに入って行きました。グッシーは体が大きくて、テントには入れないから、テントの近くで見張ってくれています。レスターは後から合流だって。また後でね、チェルシーお姉ちゃん！

グッシー達と別れてから、結局一度セルタールおじさんの家に帰ることになりました。洋服がとっても汚れちゃったから、お着替えをするためです。ママ達と待ち合わせしていた場所に行って、もうすでに待っていたママ達と、お話ししながらおじさんの家に帰ります。

僕は、お兄ちゃんに、釣りの結果は内緒ねって、ドラックに伝えてもらいます。そうしたらお兄ちゃんはそれを聞いてまたブツブツ言ってました。お楽しみは後にとっておかなくちゃね。でもパパは、ママにはお話しするぞって言って、お兄ちゃんが着替えてるうちにお話ししてました。

「あら、そんなことがあったの」

「ああ、まさかおもちゃの釣り竿で、しかもジュエリーフィッシュを釣りあげるなんて」

「それで、その子も一緒に家に帰るってことなのね。あとで私も挨拶しなくちゃ。屋敷の池も、彼女が住みやすいように改装しないと」

「そうだな。それに、釣れた驚きですっかり忘れていたが、もともといる魚と一緒に暮らすことになってもいいかどうか聞かないとな」

「ぱ～ぱ！　ま～ま！」

「着替え終わったよ！」

お兄ちゃんはお着替えが終わると、パパとママがお話ししている所に向かって走っていきました。ちょうど、チェルシーお姉ちゃんについてのお話は終わったみたいです。ふぅ、危ない危ない。

そして僕の着替えが終わった時、ルーファスお兄さんとリオンお兄さんが、僕達を迎えに来ました。

「お祭りに行こう!!」

「準備できた？」

これからはお祭りの時間です。お祭りは明日の夜まで続きます。今日は釣り大会の結果発表があるから、最初から参加することはできないけど、遊べるだけ遊ばなくちゃ。そう、お魚釣りはしたけど、僕はパパと金魚すくいもやりたいんだ。あるかな？　金魚すくい。お祭りに行ったらすぐに探さなくちゃね。

セルタールおじさんは大会の結果発表の準備があるから、先に広場に行っているらしいです。だから、僕達はリジーナさんとルーファスお兄さん達と一緒に広場に行きました。広場に着くと、朝も人がいっぱいだったけど、もっといっぱいの人達がいます。それに魔獣さんもいっぱいいました。いっぱいなのは人や魔獣さんだけじゃありません。広場や街に、お店がいっぱい並んでました。

そしてお空が暗くなり始めたら、街の中がピカピカ光り出しました。前、じぃじの家に行く途中、どこかの街で遊んだ時、フワフワ浮かんで、色々な色に光る、蛍（ほたる）みたいなおもちゃを買ってもらったでしょう？　アレがたくさん浮かんでます。他にもピカピカしてる物がいっぱい浮かんでいて、とっても綺麗です。

僕はドラックとホミュちゃんと一緒に叫んじゃいます。

「にょおぉぉぉぉぉ!!」

『凄ーい!!』

『キラキラなのぉ!!』

「ラディスおじさん、ジョーディの『にょおぉぉぉ』ってなぁに？」

リオンお兄さんがパパに不思議そうに聞いてます。

「ああ、これは、ジョーディが嬉しい時や楽しい時の声だ。今はとっても楽しくて叫んでいるんだ」

「そうなんだ。僕、ジョーディのお話は分かんないや。みんな分かって凄いね」

「ハハハ、家族だからな」

僕は高速ハイハイで広場の中に入ろうとします。それをグッシーが嘴で僕の洋服を咥えて止めて、ヒョイって飛ばして自分の背中に乗せました。高速ハイハイも速いけど、我の背中に乗って移動した方が楽だろうって言ったんだ。確かに、高速ハイハイで進んだら、僕は踏まれちゃうかもしれないし、他の人達にぶつかったら危ないね。うん、グッシーに乗って行こう！

あっ、グッシーは、夜のご飯を食べるまで、チェルシーお姉ちゃんの警備はちょっと休憩です。今はニッカがチェルシーお姉ちゃんと一緒にいてくれています。グッシーはご飯を食べ終わったらすぐに戻るって言ってました。

お兄ちゃんが、僕やパパ達に行ってくるねって言って、ルーファスお兄さん達と一緒に広場の奥へ歩いて行きました。お兄ちゃんは三人で一緒に遊ぶみたいです。レスターと、セルタールおじさんの家の使用人みたいな人が、お兄ちゃん達にくっ付いて行きました。

僕はどうしようかな？　やっぱり金魚すくいを探しながら、他のお店も確認するのがいいかな。今日は遊べなくても明日すぐに遊べるように、準備しておいた方がいいよね。

「ちー！　ちよね！」

『あっちか。よし』

僕が指した方に、グッシーが歩き始めました。

あっ、僕ね今、浴衣を着てるんだ。こっちの世界では浴衣じゃなくて、お祭り用の洋服ってママが言ってたけど、着てみたら浴衣にそっくりだったの。だから僕は浴衣って呼ぶことにしました。青色でサウキーの絵が描いてある、可愛い浴衣です。それに、キラービーのボンボン帽子も被らせてもらってます。

ドラック達は、可愛いリボンを付けてもらってました。いつもよりもちょっと大きめな、可愛いリボンです。

街の人達も、いつもの洋服を着てる人達もいるけど、みんな浴衣を着て歩いています。パパもママもリジーナさんも浴衣を着ています。

お店は、食べ物を売ってるお店、遊びのお店、何かよく分からない物を売ってるお店、色々あります。お店の前では、色々な人が、手品を見せてくれたり、魔獣さんと技を披露したりしていました。凄く楽しそうです。

そんなお店の中でも、くじ引きのお店は大人気でした。くじ引きは、子供用と大人用があって、貰える物が全然違います。大人の方はお野菜の詰め合わせだったり、お酒だったりが貰えるみたいです。大人用のくじ引きの方には、人が凄く集まってました。

食べ物のお店には、ジャガイモみたいな野菜が薄くてクルクルしてるやつが売られていました。他にも、お肉の串焼き、トウモロコシを焼いたやつに、大きなお肉が一個ごろっと入ってるスープを出している店なんかも。あと、かき氷もあったよ！

これだけ地球でのお祭りと似てるなら、きっと金魚すくいもあるはず。

「ジョーディ、これならできるだろう。ドラック達も」

パパが輪投げの前で止まります。う〜ん、本当は金魚すくいが気になるけど、お店を見てたらやりたくなっちゃった。うん、まずは、輪投げで遊ぼう！

パパがお金を払って、お店のおじさんが輪投げの輪を十本くれました。くれる数は、年によって違うみたいです。僕の隣にいた、お兄ちゃんくらいの年齢の子は、五本貰ってました。

「いいか、ジョーディ、みんなもよく聞きなさい。この輪っかを自分が欲しいおもちゃの方に投げるんだ。上手に輪っかの中におもちゃが入ったら、それを貰えるんだぞ」

『面白そう!!』

『ボク、どれにしようかな?』

すぐにドラックとドラッホがおもちゃを選び始めます。僕もおもちゃを見て、真ん中くらいにサウキーの小さなぬいぐるみを見つけました。よし!! アレにしよう。

小さい子はパパやママと一緒にやっていいって言われたけど、やっぱり最初は一人でね。

僕は狙いを定めて、輪っかを投げるポーズします。そんな僕を見て笑うパパ。なんで笑うの? 真剣なんだから静かにしてて。

狙って狙って……思いっきり投げます! 輪っかは綺麗に飛ばないで縦に飛んじゃって。サウキーのぬいぐるみの横に落ちて、そのまま奥に転がって行っちゃいました。

ん? あれ? 輪っかの中に何か……僕は輪っかをじっと見ます。あ、クマさんバッジ!! 倒れた輪っかの真ん中には、運よくクマさんバッジが入ってました。おじさんがすぐにバッジを僕にくれます。それをママが早速洋服に付けてくれました。

ドラック達に凄いって、拍手してもらいました。うん、狙った物じゃないけど、取れたからいいよね。よし!! 次こそサウキーのぬいぐるみだよ!!

それから僕は、頑張ってサウキーのぬいぐるみを狙います。でも惜しかったのは最初だけで、僕が一人で投げた輪っかは全部、全然別の所に飛んでいきました。気づいたら、輪っかは残り三つに。

僕が頑張ってる間に、ドラック達は口で投げたり、ポッケとホミュちゃんは二人で力を合わせて輪っかを投げて。自分達が欲しかったおもちゃやお菓子を、みんなで仲良く取っていました。

「よし、ジョーディ。残りはパパとやろう」

残り三回はパパが手伝ってくれることになって、それに、お店のおじさんが、もう少し前に出て輪っかを投げてもいいって言ってくれました。だから僕とパパはさっきより少しだけ前に出ます。

僕が輪っかを持って、パパが手を添えてくれました。

八回目。慎重に投げます！　でも、輪っかはぬいぐるみの右側に落ちました。九回目、今度は左側に逸れました。輪っかはあっという間に、最後の一つになっちゃいました。

これで最後。僕は輪っかとぬいぐるみを交互に見つめます。それから気合を入れて輪っかを握り締めました。そして……

「たあっ!!」

僕は勢いよく輪っかを投げました！　そしたら、輪っかはぬいぐるみの後ろに行っちゃいました。

その瞬間、僕の目には涙が浮かび始めます。

サウキーのぬいぐるみ、取れませんでした。僕はパパの腕にしがみ付いて、ヒックヒック泣いちゃったよ。分ってるよ、仕方がないって。でも勝手に涙が出てきちゃうんだ。パパが僕を抱っこして背中をポンポン優しく叩いて、残念だったな、でも次のゲームがあるからなって慰めてくれます。

僕、あのサウキーのぬいぐるみが欲しかったなぁ。だってミルクがまったりしている姿にそっくりだったんだもん。

パパが僕を抱っこしたまま後ろに下がります。その時、ミルクが僕のことを呼びました。そういえば、ミルクはまだ輪っかが残ってたよね。僕は目をごしごしします。それでも涙は止まらなくて、でもなんとか泣かないようにしながら、ミルクの方を見ました。

ミルクの前には残り一つの輪っかがありました。それからミルクの隣には、今までにミルクが取ったおもちゃとお菓子が並んでます。その数なんと九個です。

ミルクね、とっても凄かったんだ。ミルクは足で輪っかを飛ばすんだけど、一回もズレないで、狙った景品を取ったんだ。綺麗に輪っかを飛ばして、景品を輪っかの真ん中に入れていました。

これで最後の一つを成功させたら、十個全部成功です。お店のおじさんも、じっとミルクを見つめてます。

『待っててジョーディ！　オレやるんだな!!』

ミルクがそう言って、輪っかに足を入れます。それで一回転させて輪っかを飛ばします。輪っかが綺麗にぬいぐるみの方に飛んでいきました。

次の瞬間、輪っかの真ん中には、サウキーのぬいぐるみが入っていました。

「パーフェクト!!　おめでとう!!」

お店のおじさんが光の魔法を使って、クラッカーみたいにパチパチ光を飛ばしてくれて、ミルクのことをお祝いしてくれました。周りにいた人達も、ママもドラック達も、まだちょっと泣いてる僕も、みんなでミルクに拍手です。

おじさんが最後に取ったぬいぐるみを、ミルクの隣に置いてくれて、ママがミルクの取った景品を袋にしまってくれます。でもママが、ぬいぐるみをしまおうとしたら、ミルクはしまわないでって言いました。それでミルクが、僕のことを呼んだから、僕はパパから下ろしてもらいました。

僕の元に、口で上手にぬいぐるみを運んでくるミルク。それで僕の前に来てぬいぐるみを置きました。

『オレ、欲しい物は全部取ったんだな。だからこれはジョーディにプレゼントなんだな』

そう言われた僕は嬉しくて、思わずミルクを抱きしめます。それから一緒にぬいぐるみを抱きしめて、汚れないように、あのサウキーのぬいぐるみが入ってる鞄に、新しいぬいぐるみをしまいました。

「ミルク、ありがとうな」

パパがミルクにありがとうって言って、ミルクは誇らしげなお顔をしてます。

僕は笑顔になって、涙はいつの間にか止まってました。ミルクのことを撫で撫でしながら、次のお店に行きます。

次に向かったのは、紐を引っ張って、その紐に付いているおもちゃを貰える、っていうゲームができるお店です。このゲームは、どの紐にどのおもちゃが付いてるか分からないから、欲しいおもちゃを狙うことはできません。でも、紐を引っ張るだけだから、輪投げよりも簡単です。

パパがお店のおじさんにお金を払い、ドラック達から順番に紐を引っ張っていきます。

『ドラックいいなぁ。ボク、それが欲しかったよ』

『僕はドラッホの方がよかったな』

『ホミュのおもちゃも素敵だなぁ』

『ポッケのもキラキラでいいなの！』

順番に引っ張っていって、次はミルクの番です。ミルクはおままごとに使う、色々なお野菜のおもちゃが入ってるカゴが欲しいって言って、紐を引っ張りました。でも付いてきたのは、お肉のぬいぐるみでした。ミルクはがっかりしています。

最後は僕の番です。肩を落としながら帰ってきたミルクと入れ替わるようにして前に出ます。たくさんの紐の中に、先っぽがくちゃくちゃってほどけちゃってる紐があって、僕はその紐を思いっきり引っ張りました。そうしたらなんと、ミルクが欲しがってたお野菜のカゴが付いてきました！

僕はカゴを受け取ると、すぐに後ろで待ってたミルクの方を振り返ります。それでミルクに、カゴをプレゼントしました。

「ちょなのぉ。りゅのよぉ」

今のは、『さっきありがとう。コレあげる』って言ったの。

『オレにくれるんだな⁉』

「みうく、くりゃの。りゅの！」

今度は、『ミルクさっきくれたでしょ。だから今度は僕の番』って言いました。

『ありがとうなんだな‼』

ミルクがいっぱいジャンプ。それから代わりに、ミルクが取った、お肉のぬいぐるみを貰いました。それを見てたドラック達は、自分達も欲しい物が逆だから交換しようって言って、みんなでおもちゃを交換しました。

それでみんな大満足です。さぁ、次のお店に行こう‼

お店がいっぱいあるから、広場の中のお店を回るのも大変です。本当はくじ引きがやりたかったんだけど、あまりにも混んでいるから、明日やることにしました。いつもお祭りが始まったばかりの時は、とっても混むんだって。明日になると落ち着いて空いてくるみたいです。
他にも面白そうなゲームがあったけど、食べ物のお店も見なくちゃいけないから、ゲームはちょっとお休みします
食べ物はパパが色々食べさせたいって言って、たくさん買ってくれたよ。僕は焼き芋みたいなや

つと、とっても柔らかいお肉が入ったスープ、サウキーの形をしたパンを買ってもらって食べました。

僕はちょっとずつしか食べなかったんだけど、パパが残りを食べてくれたんだ。パパはそれ以外にもいっぱいご飯を買って、全部食べちゃったよ。

ご飯を食べ終わったら、今度はデザートとお菓子です。あのね、綿あめが売ってたんだ。だからそれを買ってもらって、それからかき氷も食べました。

食べ物は全部美味しかったです。ドラック達もお腹いっぱい食べて、ローリー達なんて帰って食べる用の夜食も買ってもらってました。しかもとっても大きなお肉の塊だったよ。

僕達はその後、箱に張られた紙を破いて景品を貰うゲームと、綺麗な石すくいをやりました。紙を破く方は、ただ紙が張られた箱を棒で叩くだけだったから、僕でも簡単に感じました。紙を破いて中から出てきたのは、なんとキラービーのバッジ！　すぐにママに頼んで、被っている帽子にバッチを付けてもらいました。

綺麗な石すくいも簡単でした。使う道具は、金魚すくいみたいにすぐ破けちゃう道具じゃなくて、普通のお玉です。でも僕が途中でそれを離しちゃうといけないからって、ママと一緒にやりました。すくっていいのは二回までです。自分で欲しい石が集まってる所を探して、たくさん石を道具に乗せたら入れ物の中に移します。

山盛り取れたから、入れ物が石でいっぱいになりました。それを別の袋に入れてもらったら、ゲームは終わりです。ドラックが、帰ったらこの石で色々遊べるねって言いました。確かに、おままごととか、冒険者ごっことか色々できそうだね！

それと、ご飯が終わったら、グッシーはチェルシーお姉ちゃんの警備に戻るはずだったんだけど、お祭りが楽しくなってきたみたいで、その後も僕達と一緒に、お店を回ってました。お姉ちゃんのところにはニッカがいるから大丈夫だとは思うけど、本当に大丈夫かなぁ？

「さて、そろそろステージに行くか」
「そうね。そろそろ時間ね。マイケル達はもう来ているかしら」

パパたちがそう言いました。釣り大会の結果発表の時間が近いみたいです。もっと遊びたかったけどまた明日にします。僕はパパに抱っこしてもらって、ステージに向かって歩き始めました。キョロキョロしながら、明日行くお店のチェックをします。

その時でした。小さい子達が集まってるのが見えて、よく見たらみんなあの金魚をすくう道具を持ってました。

僕はパパの体をペシペシ叩いて、向こうに行ってってって言います。近づいて確認したら、やっぱり金魚すくいでした。

「ちゃのっ!!」
「なんだ、これがやりたいのか？　魚釣りは今日しただろう。同じようなもんだぞ。それに綺麗な魚ならもう釣っただろう？」

「ちゃうのぉ!!　りゅのよ!!」

全然違うよ!!　僕はこれを探してたんだから!!

「あなた、やりたがっているのだからいいじゃない。それに魚釣りとは別物よ」

「そうか？」

ママの言う通りだよ。でもママは、今日はもう時間がないから、明日にしましょうねって言いました。約束だよ。

そして僕達はまた広場に向かって歩き始めます。でも僕は、どうしても金魚すくいが気になって、チラチラ後ろを見ちゃって、パパにあんまり動くんじゃないって怒られちゃいました。早く明日にならないかなぁ。

広場に着いたら、お店で遊ぶ前よりも凄い人の数でした。みんな魚釣り大会の結果発表を見に来た人達です。僕はパパに抱っこされているけど、全然前が見えません。その時、ステージの方から冒険者ギルドの人がやって来ました。ステージの近くの左側に僕達の場所を取っておいてくれたんだって。その場所に移動したら、やっとステージが見えました。

ステージの横にはカーテンが付いてて、その後ろ側は見えないようになっています。でも、僕達が連れてきてもらった場所は、カーテンがヒラヒラすると、後ろ側が見える場所だったんだ。

そのヒラヒラの場所から、ギルドマスターのダンゾーさんがステージの外側を覗いていました。

それで、僕達を見つけたらニッて笑って、ステージを歩いて僕達の方に向かってきたよ。

「遅かったな。もうそろそろ始めてしまうところだったぞ。さぁ交代だ」

ダンゾーさんはそう言って、グッシーを連れて、またカーテンの向こうに戻っていっちゃいました。そうしたら少しして今度はニッカが、カーテンの後ろから出てきたよ。

「彼女の様子はどうだ？」

パパがニッカにチェルシーお姉ちゃんのことを聞きます。

「はい、今頃、グッシー様を怒っているかと」

「ああ、そういえば、夕飯を食べたらすぐに戻るという約束をしたと、グッシーが言っていたな。それのことか？」

「そのようです」

グッシー、怒られているみたいです。やっぱり、ご飯の後すぐに警備に戻った方がよかったんだよ。

「まぁ、それについては、当人たちがなんとかするだろう。そうだ、ニッカお前、ずっと警備していて腹が減っているんじゃないか？　ほら、お前の分の夕食だ」

パパがニッカに、お祭りのご飯を渡します。僕がニッカのために選んだ、お好み焼きみたいなやつです。それをニッカは僕達の後ろに下がって、ササササッて食べ始めました。どう？　美味しい？残念だけど僕はまだ食べられないから、あとで感想、聞かせてね。来年とかまたお祭りがあったら、その時は一緒に食べられるかな？

ニッカがご飯を食べ終わってすぐに、お兄ちゃん達が来ました。そしてお兄ちゃん達が来てすぐ、ステージに、ダンゾーさんとセルタールおじさんが出てきました。いよいよ魚釣り大会の結果発表みたいです。

「皆、祭りを楽しんでいるか？」

セルタールおじさんの言葉に、集まった人達が大きな声を上げたり、拍手したりします。みんなニコニコです。

「釣り大会もかなりの人数が参加してくれたようで、参加人数と、釣れた魚の数が、過去最高を記録した！　これから結果発表をするが、とりあえず私の結果だけ伝えておこう。私はほぼ最下位にだった。だから、酒を楽しみにしていた者達は諦めてくれ」

その言葉に今度は残念がる人達が結構いっぱいいたよ。しかもそれを聞いて帰っちゃう人までいました。そういえばセルタールおじさんが優勝した時、みんなにいっぱいお酒をあげて、酔っ払う人がいっぱいになっちゃったって、リジーナさんが言ってたっけ。

残念がってる人や帰っちゃった人達は、セルタールおじさんからお酒が貰えないって分かって、さっさと帰っちゃったのかな？

「さぁ、朝の挨拶のように長々と話すと、また文句を言われてしまうからな。早速発表に移ろう。まずは子供部門からだ」

セルタールおじさんが少し横にどいて、ダンゾーさんがカーテンの後ろに声をかけます。冒険者ギルドの人が三人、台を押してステージに出てきました。台の上にはお魚さんが入った透明のケースが載せられていました。そして冒険者ギルドの人達が一列に並びます。ママに抱っこしてもらってるお兄ちゃんが、「あっ！」って小さな声で言いました。

「よし、三位から発表するぞ‼」

ダンゾーさんが、そう声を上げながら、一番右側のお魚さんの所に近付きます。それは、赤色の体の真ん中に黄色のギザギザ線が真ん中に入っているお魚さんでした。

「三位はスパークフィッシュを釣り上げた、マカリスター家長男のマイケル・マカリスター！」

おお‼　お兄ちゃんが三位‼　やったぁ‼　広場にいるみんなが、一斉に拍手します。

「マイケルやったじゃないか！」

パパがお兄ちゃんの頭を撫でて、お兄ちゃんはとっても嬉しそうな顔してステージに向かいます。

「ジョーディ、マイケルが三位だぞ。まぁ、分かるとは思えないが、とにかく凄いってことだ。さぁ、みんなで拍手しよう」

大丈夫、僕はちゃんと分かってるよ。僕はステージにいるお兄ちゃんに、思いっきり拍手します。ドラック達も吠えたり鳴いたり、ジャンプしたりして、みんなでお兄ちゃんのお祝いをしています。

お兄ちゃんは、セルタールおじさんとダンゾーさんにおめでとうってしてもらってから、大きな紙の袋を貰います。それで集まった人達の方を向いてお辞儀した後、ステージを下りて僕達の所に戻ってきました。戻ってきたお兄ちゃんを、僕達はもう一度拍手で迎えます。

そうだ！　お兄ちゃんが釣ったお魚さんのこと、後で聞かなくちゃ。どんなお魚さんなのかな？

「さぁ、どんどん行くぞ。二位！　プルーフィッシュを釣ったサンダー！」

また集まったみんなが拍手をしている中、ルーファスお兄さんと同じぐらいの歳の男の子がステージに上がります。お兄ちゃんみたいに、紙の袋を貰ってお辞儀して戻っていきました。

僕はお兄ちゃんの持ってる紙袋を見ました。何が入ってるのかな？　僕が見てたらそれにお兄ちゃんが気づいて、あとで一緒に見ようねって言ってくれました。

いよいよ釣り大会子供部門の優勝者の発表です。

「優勝は、大きなブラックミーを釣り上げた、ナンシー！」

優勝は、大きなブラックミーを釣った、お兄ちゃんと同じ歳ぐらいの女の子でした。女の子は紙袋を二つ貰って、お辞儀だけじゃなくて、優勝できて嬉しいってご挨拶をして、ステージを下りました。

「はぁ、残念」

「優勝できなかったねお兄ちゃん」

近くにいたルーファスお兄さん達が、とっても残念そうなお顔してます。お兄ちゃん達は一位のナンシーお姉ちゃんよりも小さいブラックミーを、五匹ずつ釣っていたんだって。

ルーファスお兄さん達は残念だけど、僕はマイケルお兄ちゃんが三位になれたから、とっても嬉しいです。

「さぁ、釣り大会子供部門の結果発表は終わりだ！　次は一般部門だ。と、言いたいところだが、先に皆に伝えておくことがある」

セルタールおじさんがそう言うと、広場で騒いでたみんなが静かになります。

「今回の優勝者の魚を、見せる前に先に発表させてもらう。一位の魚はジュエリーフィッシュ。そう、一生に一度見ることができるかどうかも分からない、あの幻の魚だ。そのジュエリーフィッシュが、この街の川で釣り上げられた！」

セルタールおじさんの言葉に、静かにお話を聞いてた人達がもっと静かになりました。それから一気にみんな騒ぎ始めます。

「すぐに見せて！」

「どんな美しい姿をしているんだ？」

みんなとっても喜んでて、その後なかなか静かになりませんでした。少ししてセルタールおじさんが手を挙げたら、やっと静かになったよ。

「もちろんこの後、皆にジュエリーフィッシュを見せるが、今回ジュエリーフィッシュを見せるうえで、皆に守ってもらいたいことがある」

セルタールおじさんが、チェルシーお姉ちゃんを見る時のお約束をみんなに伝えます。

お姉ちゃんはお祭りの間、このステージの上に展示（てんじ）されます。みんなはステージには上がらずに周りから見ること、もし人数が多かったら並ばせるから、ケンカや割り込みなんかしないで順番を守ってくれってセルタールおじさんは言いました。

「慌てなくとも、明日の祭りが終わるまでは展示する。だが……」

お祭りは明日の夜までだけど、その前でも、もし、チェルシーお姉ちゃんにイタズラしようとしたり、無理やり近づいたり、何か悪いことしようとしたら、チェルシーお姉ちゃんを引っ込めて、もう誰にも見せないって。それでもし見ることができない人がいても、もう絶対にステージには出さないって言いました。

「いいか。皆がルールを守り、静かに見るのなら、明日までには必ず見られる。最後に警告を。ジュエリーフィッシュには最高の護衛が付いている。何かしようとすれば、最悪の場合死ぬこともあるかもしれないとだけ言っておく。いいな！」

広場にいたみんなが、小さな声でお話を始めました。でもすぐニコニコになって頷き合います。それを見てセルタールおじさんも頷きました。

「よし、皆分かったようだな。では発表を始めるぞ！」

さっきみたいにセルタールおじさんが横にどいて、今度はダンゾーさんもカーテンの後ろに入って行きます。お兄ちゃん達が早くジュエリーフィッシュを見たいって言って、だんだんと僕達の前から、少し前に出て行っちゃいました。お兄ちゃん、僕とパパが釣ったんだよ。ふへへへ。

最初に冒険者ギルドの人達が、別のお魚さんが入った入れ物を載せた台を押しながら出てきました。その後ダンゾーさんが冒険者ギルドの人と一緒に出てきて、ギルドの人が運んできた台の上には、綺麗なガラスの入れ物に入ってるチェルシーお姉ちゃんがいました。あれ？　釣った時よりもキラキラ輝いてるような？

チェルシーお姉ちゃんが出てきた途端、また広場は大騒ぎになりました。さっきよりもみんなニコニコです。それから驚いてる人や、お祈り？みたいなことをしてる人もいます。

チェルシーお姉ちゃんを連れてきた冒険者ギルドの人は、ステージの真ん中にお姉ちゃんを置くと少し後ろにずれて、入れ物のすぐ左隣にはダンゾーさんが立ちました。ダンゾーさんが立った後、カーテンがめくれて、堂々とグッシーが出てきたよ。うん、お姉ちゃんはとっても綺麗で、グッシーはやっぱりカッコいい。あのね、綺麗なお姉ちゃんよりもカッコいいグッシーを見てる人達もいます。

「カッコいいなぁ」

「あの大きな嘴と爪がカッコいい！」

「羽を広げたらどのくらいの大きさになるのかな、見たいなぁ」

グッシーをカッコいいって言ってるのは、小さい子達でした。いいでしょう。僕のお友達なんだよ。

「ジョーディ、グッシーをジュエリーフィッシュのために貸してあげたの？」

ってお兄ちゃんが僕に聞いてきます。違うよ。でも詳しいことはまだまだ内緒です。グッシーは堂々と出てきた後、ダンゾーさんの反対の、お姉ちゃんの右隣に立ちました。

「さぁ、発表するぞ!! まずは三位から!! フラワーフィッシュを釣り上げた、酒屋の店主トニー!!」

フラワーフィッシュは頭に可愛いお花が咲いてるお魚さんでした。

「二位!! 今大会一番大きいブラックミーを釣り上げた、冒険者のオビット!!」

わぁ、残念。僕とパパの釣り上げたブラックミーよりも、大きなブラックミーを釣ってた人がいたんだね。でもでも、僕達にはお姉ちゃんがいるもんね。そんなことを考えてる時でした。急に広場がザワザワしだしました。

僕は周りを見渡します。そうしたら、みんな同じ方を見ていることに気付きました。お兄ちゃん達を見たら、お兄ちゃんも同じ方を向いて、変な顔しています。

「だからすぐに戻ればよかったものを」

パパがそう言いました。僕は今度はパパを見ます。パパは困った顔しながら、大きなため息をついて、首をフルフル横に振りました。みんなどうしたの？ すぐに僕もみんなが見てる方を見ます。みんなグッシーを見てるみたいだけど。

そこには、綺麗なガラスの入れ物の中から何回もジャンプするチェルシーお姉ちゃんがいました。高くジャンプしてそのままグッシーのお顔にぶつかってます。それを何回も繰り返してたんだよ。グッシーのほっぺはチェルシーお姉ちゃんがぶつかるから、お水でどんどん濡れていきます。

少しそれを続けた後、お姉ちゃんが今までで一番勢いよくジャンプしました。綺麗なヒラヒラの大きなしっぽが、グッシーの顔に勢いよくぶつかります。グッシーはお姉ちゃんに体当たりされてる間、しょんぼりしたお顔をしてました。

「なかなか戻ってこなかったことを、だいぶ怒っていたからな」

ニッカがそう言った時でした。チェルシーお姉ちゃんがお顔をお水から出して、何か言ってるみたいです。よく聞いてみよう。

『私、言ったわよね。ご飯を食べたらすぐに戻ってきなさいって。それに、ご飯は短時間で済ませなさいって。それなのにどうしてあなたは、発表が始まる、ギリギリの時間に戻ってきたのかしら？』

『す、すまん』

『すまんじゃないわよ！　どうしてかって聞いているの。あなたは私を守ってくれるはずよね。そういう約束をしたわよね。なのにどうしてなの？』

『すまん……』

チェルシーお姉ちゃん、グッシーのことをとっても怒ってました。ほら、やっぱりグッシー、ご飯を食べたらすぐに警備に戻ればよかったんだよ。あんなにお姉ちゃんを怒らせて……でも、グッシーがいけないよね。

「ねぇパパ。あのジュエリーフィッシュ、グッシーに何してるの？」

お兄ちゃんがパパに聞きます。そっか、お兄ちゃんはドラックパパに、強い魔法をかけてもらってないから、チェルシーお姉ちゃんがなんて言ってるか分からないんだ。でもここで魔法をかけちゃったら……もうすぐ発表だから待ってて！　パパも分かってくれてて、なんだろうなって、ごまかしてくれました。

「ゴホンッ!!」

ダンゾーさんが軽く咳をしたら、やっとチェルシーお姉ちゃんが静かになりました。グッシーの顔からは水がボタボタ垂れています。それからセルタールおじさんがグッシーの隣に立って。最後はおじさんが発表するみたいです。

「よし、優勝者の発表だ!!　見事優勝したのは、ジュエリーフィッシュを釣り上げた、ラディス・マカリスター！　そしてその息子、ジョーディ・マカリスター!!」

名前を呼ばれた瞬間、広場に集まってる人達から物凄い歓声と拍手がわき起こりました。

「うわぁ!!　パパとジョーディがあのジュエリーフィッシュを釣ったの!?　それで内緒だったんだね!!　凄い、凄いね!!」

マイケルお兄ちゃんがぴょんぴょんジャンプして、それからいっぱい拍手してくれました。えへへ、内緒にしていてよかったね。

僕は、パパに抱っこしてもらったままステージに上がります。それでパパが最初に、広場に集まってる人達にご挨拶して、次に僕が「ちゃっ」ってご挨拶します。挨拶が終わったら、セルタールおじさんから優勝賞品を貰って、ステージから下りる前に、パパと一緒にもう一回軽くご挨拶しました。

ステージから下りる時、チェルシーお姉ちゃんを見たら、僕の方を見てニコニコしてたんだけど、すぐにグッシーの方を睨んでました。あとでちゃんと仲直りしてね。

ママ達の所に戻ると、みんながもう一度お祝いしてくれました。

「さぁ、これで発表は終わりだ。皆、大会は楽しんでくれたか？　次回も是非参加してくれ！」

セルタールおじさんのその言葉で結果発表が終わります。発表が終わると、広場にあるお店に行く人達、外のお店に行く人達、チェルシーお姉ちゃんを近くで見ようとする人達、みんながバラバラに動き始めました。

「皆、少し待っていてくれ。ステージを片付けたら、すぐに展示をするからな」

セルタールおじさんが、チェルシーお姉ちゃんを見に来た人達にそう言って、冒険者ギルドの人がお姉ちゃんを連れてカーテンの向こうに戻ります。それからセルタールおじさんは、ステージの上からパパに、ステージの裏に来てくれって呼びかけてきました。

僕達家族とセルタールおじさんの家族みんなで、ステージの後ろに移動します。移動する時にすれ違った人達が、僕達にもう一度おめでとうって言ってくれました。

ステージの後ろに行くと、グッシーとお姉ちゃんとダンゾーさんがいました。それからセルタールおじさんが、ステージから戻ってきて、パパとこれからのお話を始めます。

その間に僕達はお姉ちゃんの所に向かいます。セルタールおじさんの家族は、ドラックパパ達の言葉が分かるようになる魔法のことを知ってるからね。すぐにマイケルお兄ちゃん達とセルタールおじさんの家族を、チェルシーお姉ちゃんとお話しできるようにしてくれました。

お話しできるようになったお兄ちゃん達は、すぐにお姉ちゃんにご挨拶をします。

「はじめまして。僕はマイケルです。ジョーディのお兄ちゃんです」

『俺はブラスター！　よろしくな！』

「僕はルーファス。初めまして！」

「リオンです。よろしくお願いします！」

『ふふ、チェルシーよ。私はみんなよりお姉さんなの。よろしくね』

みんなにとっても綺麗って言われたお姉ちゃんは、綺麗なしっぽをフリフリ揺らして、とっても嬉しそうにしています。

あっ、そういえば。お姉ちゃんはやっぱり初めて会った時よりも、もっと綺麗になってました。

僕の見間違いじゃなかったよ。

僕はお姉ちゃんに、初めて会った時よりも綺麗になったねって伝えました。そうしたらお姉ちゃんは、魔力を使ってもっと綺麗に見せているのよって教えてくれたんだ。ジュエリーフィッシュは魔力を体の外に出して、体をもっとキラキラにできるんだって。洞窟にいた頃、一緒にいた仲間のジュエリーフィッシュに教えてもらったみたいです。

最初は魔法を使わないといけなかったんだけど、そのうち魔力を体の外に出すだけで、キラキラになれるようになったんだって。

『今日はせっかく大会に出るんだから、街のみんなに綺麗な私を見てもらわなくちゃ。それなのに……』

チェルシーお姉ちゃんがグッシーを見ます。

『こんなに綺麗な私を狙う奴がいるかもしれないのに、あなたはなにをしていたの⁉　結局発表が始まるギリギリまで戻ってこないんだもの！』

ジャンプしてグッシーの顔に体当たりするお姉ちゃん。また静かに謝るグッシー。それを見てビッキーが笑います。

『ちょっと、そこのあなた‼』

笑ったビッキーに向かって声をかけるお姉ちゃん。

『はい‼』

その勢いにビッキーが姿勢を正します。

『あなたも笑っていないで、グッシーと交代で私を守りなさい‼　グッシーだけだと信用できないわ。まったく』

ビッキーはすごすごとお姉ちゃんの横に移動します。グッシーに、お前のせいでマイケルから離れないといけないって、小さな声で文句言ってました。グッシーが約束守らなかったからだよ。これから展示してる間、ずっと一緒にいるんだから、いっぱいごめんなさいした方がいいよ。

そんなことをしてたら、パパ達のお話が終わったみたいです。僕達の所に戻ってきて、ビッキーにどうしたんだって聞きました。

『この馬鹿のせいで、巻き込まれたんだ』

「は？　巻き込まれた？」

「あなた、この後の予定はどうなったの？」

よく分からないって顔をしているパパに、ママが聞きます。パパはビッキーを不思議そうに見ながら、これからのお話をしてくれました。

この世界では、夜中もずっとお祭りをやってて、お休みはありません。明日の夜まではこの賑やかさが続くんだ。

ステージが綺麗になったら、チェルシーお姉ちゃんはもう一度ステージで展示されます。

でもそんなにずっと、みんなの前に出てたら、お姉ちゃんは疲れちゃうでしょう？　小さな入れ物の中でじっとしてなくちゃいけないのは辛そうです。

だから僕が寝る時間には、僕達の所に戻ってくることになりました。それで明日の朝、またステージに来てお昼まで展示されて、お昼ご飯の時間になったら休憩して、その後はお祭りの終わりまで展示されます。

これがお姉ちゃんの予定です。予定を聞いたお姉ちゃんは、それでいいわって言いました。

『さぁ、綺麗な私を見てもらわなくちゃ。気合を入れるわよ。あなた達しっかりね‼』

お姉ちゃんは水面から飛び出して、グッシーとビッキーの顔に体当たりしました。

「準備ができました！」

その時冒険者ギルドの人が、カーテンから顔を出してダンゾーさんのことを呼びます。

「じゃあ行くか」

ダンゾーさんが、グッシーとビッキーに声をかけて、チェルシーお姉ちゃんが入った入れ物を運び始めます。セルタールおじさんも、街の人達の様子を見るって言って、一緒にステージに出ました。僕達は運ばれていくチェルシーお姉ちゃんに、いってらっしゃいをします。お姉ちゃんはしっぽを振って『いってきます』をしてくれたよ。僕はグッシーに頑張ってちゃんとお姉ちゃんを守ってねって言いました。

お姉ちゃんがステージに出て行くと、すぐに歓声が聞こえました。ステージ横のカーテンから顔を出して見たステージの周りは、人でギュウギュウでした。ギルドの人達がダメだなって言って、街の人を並ばせ始めました。そうしたらみんな、セルタールおじさんとのお約束を守って、静かに並んでお姉ちゃんを見る順番を待ち始めます。これでみんな公平にお姉ちゃんを見られるね。

お姉ちゃんがステージに展示されてから、寝る時間までの少しの間、もうゆっくり遊ぶ時間はないから、僕達は広場の近くにあるお店を見て歩くことにしました。明日の金魚すくい楽しみだなぁ。

＊＊＊＊＊＊＊

チェルシーお姉ちゃん達はお約束通り、僕達が寝る時間に帰ってきました。お姉ちゃんはとっても人気で、街に入るための列と同じくらい長い列が、ステージの前に出来ちゃったんだって。

でも、割り込みとかケンカとか、お姉ちゃんに意地悪しようとする人はいなかったらしいです。みんなはお姉ちゃんを見たらすぐに次の人と交代して、お姉ちゃんが帰るまでに列はなくなったみたい。ちゃんとみんなお約束を守ってくれてよかったぁ。

あと、グッシーとビッキーも子供に人気があったんだって。お姉ちゃんじゃなくてグッシー達を見に来てた子もいたって、ダンゾーさんが言ってました。みんなとっても人気者です。

そうして大会とお祭りを楽しんだ翌朝、僕は今、玄関の前でドラック達と一緒にパパを待っています。

「ぱ〜ぱ、くにょよぉ！」

「待て待て、今行くから」

早く、早く行こう!!　金魚すくいにくじ引き。やることがいっぱいだよ！

ゆっくり階段を下りてくるパパ。下まで来たら僕は高速ハイハイでパパに近寄ります。それで立ち上がって、パパのズボンを引っ張ります。僕が引っ張っても全然パパは動かないけど、少しでも早く行きたいってことを伝えないとね。

「そんなに慌てなくても、金魚すくいも、くじ引きも、どのお店もなくならないぞ」

僕は早く遊びたいの！　お兄ちゃん達はもう出かけてます。僕はご飯を食べるのが遅いから、ちょっと出遅れちゃいました。だから早くお祭りに行きたいんだ。

あと、チェルシーお姉ちゃんとグッシーとビッキーは朝早く、ダンゾーさんが迎えに来て、お兄ちゃんよりも早く広場に行っちゃいました。その時に、お昼ご飯を一緒に食べるお約束をしたよ。

パパがズボンを引っ張る僕のことを抱っこして、ようやくお祭りの会場に出発です！　最初はもちろん金魚すくいに行きます。金魚すくいのお店に着く前に、パパがホミュちゃんに注意してました。釣りの時みたいに、飛び込まないでねって。

そっか、ホミュちゃんはお魚を捕まえるのがとっても上手だもんね。でも金魚すくいはすくうものだし、お店は川みたいに広くないから、他の子達の迷惑になっちゃうからね。

『分かったなのぉ！　ホミュちゃん、ジョーディの応援するなの！』

そんなことをお話ししながら、金魚すくいのお店の前に着いたら、もうたくさんの子供がいました。僕は前の子達の番が終わるのを、並んで待ちます。

順番が来るまで、地球の金魚すくいと同じか観察してたら、やり方は一緒でした。あの紙で出来てるすくう道具を持って、お魚さんをすくってお椀に入れるって感じです。

でも、お魚さんが違いました。赤色と黒色の金魚さんじゃなくて、小さくてカラフルなお魚さんがいっぱいでした。地球で入院していた時にテレビで見た、綺麗な色の熱帯魚(ねったいぎょ)みたいです。

あと、すくったお魚さんは、地球だと透明なビニールの袋に入れてもらったでしょう？　この世界では、そうじゃなくて、中が見えない木の皮で出来てる袋か、お店で売っている可愛い入れ物、どちらに入れるか、好きな方を選べます。

金魚すくいの観察を終えた僕は、入れ物を選ぶことにしました。パパがね、金魚すくいをやった子は、もしすくえなくても一匹は貰えるから、今のうちに入れ物を選んでおけって言ったんだ。

僕は、小さくサウキーの絵が描いてある、お花の形をしたお椀みたいな入れ物を選びました。

まだかな、まだかな。すくう道具は一人二個貰えるみたいで、なかなか僕の順番になりません。

今度こそと思ったら、僕の斜(なな)め前にいた子が立ち上がりました。う〜ん、僕の順番まだ？　そう思ってたら、その子の後ろにいた、マイケルお兄ちゃんよりも大きいお兄ちゃんが、先にやっていいよって言ってくれました。

「あ〜ちょ!!」

僕はありがとうをして前に出ます。パパもありがとうをして、僕の後ろにしゃがみました。お店のおじさんにすくう道具を貰って、パパと一緒に持ちます。お椀はパパが持ってくれています。

「さぁ、ジョーディ、どのお魚さんがいいんだ？」

どれにしようかな？　キラキラ光ってるお魚さんがいるけど、キラキラで綺麗なお魚さんはもうチェルシーお姉ちゃんがいるもんね。他のお魚さんにしようかなぁ。

僕はじっとお魚さん達を見ます。赤色、黄色、青色、う～んどれもいいんだけど、凄く欲しいって感じはしません。その時僕の前に、ミルクと同じ模様のお魚さんが泳いできました。うん、あのお魚さんにしよう！

「ちゃ‼」

「ん？　あの白黒の魚か？　よし」

お魚さんを狙って、パパと一緒に、道具をお水すれすれに近付けます。お魚さんがだんだん近づいてきて、道具のすぐそばまで来た時、道具をお水の中に入れました。

すぐに水から上げようとしましたが、白黒のお魚さんはそれより早く逃げちゃって失敗しちゃいました。次！　また別の白黒お魚さんが近づいてきました。それを狙って、素早く道具を水の中に入れます。けど、また逃げられちゃいました。その後もう一回チャレンジして、合計三回やったんだけど結局一匹もすくえなくて、道具に穴が開いちゃいました。

パパが新しい道具を頼んでくれます。よし、次！　あれ？　パパが道具を二個もらっています。お店のおじさんが、小さい子には一個プレゼントだっておまけしてくれたみたいです。二個あれば大丈夫かな？

また白黒のお魚さんが近づいてくるのを待ちます。それで何回かやったんだけど、二個目の道具も穴が空いちゃって。

「う～」

「ははっ、待てジョーディ。いいか。こう持って」

パパが僕の道具の持ち方を直します。そして、今までとは違って、しっかり僕の手と道具を握ってくれました。

「絶対一緒にすくおうな」

パパが僕を見てニコッて笑いました。

「いいか、狙って、サッとすくうんだぞ。分かるか？」

「あい！」

「はは、本当に分かってる感じだな。お、来たぞ！」

お魚さんをよ～く狙って、パパがサッと手を動かします。僕はただ持ってるだけです。でも、そうしないと、絶対に取れないもん。すくう道具が白黒のお魚さんの下に入ります。そしてパパがまたサッと手を動かして、水から上げます。すくう道具の上には……

「よし‼」

ポチャン！と音を立てて、お椀の中に白黒のお魚さんが入りました。パパと一緒の金魚すくい、初めてのお魚さんです。僕は嬉しくて、いつもみたいに「にょおぉぉぉ」って叫ぼうと思いました。

でも、すぐにパパがもう一匹だって言って、すくう用意をします。そうだった。喜んでちゃダメだった。紙が破れちゃう前に、もう一匹すくえたらすくわないと。

お水の中を見たら、すぐ側に同じ白黒のお魚さんが二匹もいました。パパはまた素早く道具を水に入れます。そして今度はなんと、二匹いっぺんにすくっちゃったんだ。急いでお椀にお魚さんを入れます。入れたとたん、紙が破けちゃいました。ふぅ、危なかった。でも……

「やったなジョーディ。三匹もすくえたぞ」

僕はお椀の中を元気に泳いでるお魚さんを見て、次にニコニコ笑ってるパパを見ます。

「にょおぉぉぉぉぉぉ!!」

僕は今度こそ叫びました。それでパパに抱きつきます。パパと初めての金魚すくい大成功です。

それでね、僕、前のお父さんとの金魚すくいを思い出しました。一度しか一緒に行けなかったけど、あの時の金魚すくいもとっても楽しくて、お父さんは今のパパみたいにニコニコだったんだ。

「あら、ジョーディ、泣いているの？　よっぽど嬉しかったのかしら？」

ん？　泣いてる？　ママにそう言われて、僕は目をゴシゴシします。気づかないうちに、僕は泣いていました。

「そんなにか？　魚釣りと大して変わらないと思うんだがな。まぁ、ジョーディが喜んでくれてよかった。さぁ、ジョーディ、さっき選んだ入れ物に入れてもらおうな」

「あい!!」

悲しいこと、辛いこと、色んなことで泣いちゃうけど、嬉しいことでも泣いちゃうんだね。僕はもう一度ゴシゴシ涙を拭いて、お店のおじさんを呼びました。それからさっき選んでおいた入れ物を、パパがおじさんに伝えて、それにおじさんが白黒のお魚さんを入れてくれます。

僕が一人で持って落としちゃうといけないから、パパと一緒に受け取ります。さっきまでのお椀よりも大きくて可愛い入れ物に入ったお魚さんは、最初は素早く泳いでたけど、少ししたら静かになりました。

お店から離れて、お魚さんをドラック達に見せます。みんなやったねって、喜んでくれたよ。

「さて、ニッカ、この魚を私達の泊まってる部屋に持って行ってくれるか？　これからくじ引きや他のゲームで遊ぶのに、何かあるとまずいからな」

うんうん。落としたり、中身が零れちゃったりすると大変です。パパがニッカにお魚さんを渡して、すぐにニッカがセルタールおじさんの家まで持って帰ってくれます。ニッカが戻ってくる間に、僕達はくじ引きをしに行くことにしました。

ごめんね、金魚すくいが長くなっちゃって。今度は僕だけじゃなくて、ドラック達も一緒に遊べるからね。ママが行きましょうって言ったら、みんな凄い勢いでくじ引きのお店に走って行って、順番待ちの列に並んじゃいました。

順番が来て、みんな一回ずつくじを引きました。僕達はもちろん子供のくじ引きの方ね。大人の方を引く子達もいるらしいけど、僕、お酒とかいらないもん。

それで僕が引き当てたのは、変な形のお髭のおもちゃでした。う〜ん。これはおままごととかで使えるかな？　ドラックは大きなボール、ポッケは色鉛筆や絵の具が入ってる、お絵描きセットが当たりました。ホミュちゃんはキラキラ光ってる風車、ミルクはお菓子の詰め合わせを当てていたよ。そしてドラッホは……

「大当たり!!」

お店の人がそう声を上げます。ドラッホ、なんと二等が当たったんだ。景品は似顔絵でした。お店には絵を描いてくれる人がいるから、すぐに絵を貰えるみたいです。

お店の人に案内されて、みんなでゾロゾロ、お店の裏に行きます。そこには、筆を持ったお兄さんがいました。

「じゃあ描いていきますね。せっかくですので、お子様方みんなの絵を描きましょう」

「結構数が多いが、いいのか？」

「ええ。せっかくの楽しいお祭りですからね。少しお待ちいただくことになりますが、そんなに変わりありませんし。ああ、動いていて大丈夫ですよ」

ドラッホだけじゃなくて、みんなの絵を描いてくれるみたいです。ありがとうお兄さん!! 動いててもいいって言ってたけど本当かな？ 絵を描くのに動いてていいなんて、ちゃんと描けるのかな？ 僕は止まっている物をじっと見て描いても、ぐちゃぐちゃの絵になっちゃうのに。

僕達はみんなでおしゃべりしながら、お兄さんの前に立って似顔絵を描いてもらいます。

お兄さんが、描き始めて少しして、筆を置きました。

「お待たせしました。描き終わりましたよ」

え？　もう!?

「もう描き終わったのか!?」

パパも驚いてます。だってさっき描き始めたばっかりだよね？

お兄さんが絵を描いてた台を動かして、僕達に見えるようにしてくれました。画用紙の中には、ニコニコ笑ってる僕達の絵が描いてありました。本当にそっくりで、鏡を見てるみたいでした。

「あら、素敵ね。それにそっくりだわ」

「こんなに短時間で、これ程の絵を仕上げるとは。凄いな」

パパ達がその絵を見て感心しています。

『わぁ。僕達がいるよ！』

『みんな画用紙の中に入っちゃったみたい！』

『みんなニコニコなのぉ!!』

みんなが似顔絵の周りをグルグル走り回ります。最後にお兄さんは絵を額に入れてくれて、代表して、一等を当てたドラッホに渡してくれます。ドラッホは傷がつかないようにって言って、そっと額を咥えました。

「素敵な絵をありがとう」

「気に入っていただけてよかったです」

パパがお兄さんにお礼を言って、みんなでお兄さんにバイバイします。

それで、僕達は店の前に戻ってきました。パパがドラッホから絵を預かって、その時ちょうどニッカが戻ってきて、また僕達は次のお店に向かいます。僕もみんなも嬉しくてニコニコです。

＊＊＊＊＊＊＊

僕達はお祭り二日目もいっぱい楽しんで、空はすっかり暗くなっていました。夜空には今、どこを見ても、綺麗で大きな魔法の花火が打ち上がってます。

「にょおぉぉぉぉぉぉ!!」

『わぁ、綺麗だね！』

『お花みたい！』

『色々な色に光っててていいね！』

『キラキラ、ホミュちゃん大好きなのぉ！』

『オレは、シュワワワワってなるのも好きなんだな』

今僕は、パパに抱っこされながら、みんなと一緒に広場で花火を見ています。広場の、ステージの後ろでね。

魔法の花火は夜のご飯が終わって、少しして始まったんだ。街の中で光の魔法と火の魔法が得意な人達が集まって、魔法の花火を上げてくれてるんだって。この花火が終わったら、お祭りも終わりです。楽しかったお祭りは、あっという間に終わっちゃいました。

金魚すくいとくじ引きをした後、僕達は別のゲームでもいっぱい遊びました。ボールを投げて板にぶつけるやつとか、ヨーヨー釣りとか、木の棒を使ってボールを飛ばして、ボールが入った穴の番号の景品を貰えたりするゲームとか、色々遊んだよ。

それでお約束通り、お昼ご飯はグッシー達とチェルシーお姉ちゃんと一緒に、ステージの後ろで食べたんだ。

その後は、セルタールおじさんの家に、お昼寝をするために戻りました。お昼寝が終わったら昨日に続いて、あの美味しかったかき氷をおやつに食べたよ。あと、綿あめも買ってもらいました。綿あめは、明日帰る時に馬車の中で食べるおやつの分も買ってもらったんだ。この世界の綿あめは、一日くらい経ってもふわふわのままみたいです。だから買いおきしても大丈夫なんだ。

夜は、お昼みたいに、グッシーとチェルシーお姉ちゃんと一緒にご飯を食べました。食べ終わったら、お姉ちゃんはまたステージに出てくれました。

少しして、セルタールおじさんがもう展示が終わりだって、みんなに伝えた時には、お姉ちゃんを見るための列はもうほぼなくなっていました。みんな約束を守って、順番にささっと見たから、ちゃんとお姉ちゃんを見られたみたいです。

それでお姉ちゃんがステージの後ろに戻ってすぐ、魔法の花火が始まったんだ。ステージの後ろをお片付けしてたギルドの人達も手を止めて、みんな花火を見てました。

大きな音を立てて、花火が空に広がっていきます。あっ、今の花火は丸じゃなくて、キラキラフワッてしてて、お姉ちゃんの綺麗なしっぽにそっくりでした。あっ！　あっちにはニコニコお顔の花火が！　キラービーの形をしてる花火も上がってます！

「そろそろ最後の花火だぞ！」

パパがそう言いました。そしたら、さっきまで上がる間隔(かんかく)がゆっくりだった花火が、空全部が花火で埋まっちゃう程一気にたくさん打ち上がり始めました。

魔法の花火は地球の花火みたいに、煙(けむり)が出ません。空いっぱいに上がっても煙で見えなくなることがないから、ずっと綺麗なままの花火が見られます。

僕はチラッとドラック達とパパ達を見ました。みんなの目に、キラキラの花火が映ってます。それで、みんな楽しそうです。僕が見てるのに気づいたパパはもっとニッコリ笑いました。

「ジョーディ、綺麗だな。花火楽しいか？」

そして、そう聞いてきたんだ。だから僕は大きな声で返事をします。

「あい!!」

「そうか。よかったな」

それからまた一緒に花火を見ます。

今までも凄かったけど、最後、目がチカチカするくらいの、いっぱいのキラキラな花火が上がりました。しかも、キラキラが雪みたいに降ってきました。それが消えるといつもの夜空に戻りました。僕もみんなも思わず拍手しちゃいます。僕は「にょおぉぉぉぉぉ!!」って叫んじゃいました。

ステージの後ろにいるギルドの人達も、見えないけど広場に集まってる人達も、みんな大歓声を上げてます。きっと街にいる人達みんなが喜んでいるはずです。

そんな中、一緒に花火を見てたセルタールおじさんがステージに上がっていきました。お祭りの終わりの挨拶をするんだって。

「皆楽しんだか？　最近色々あって気が休まらない日が続いたと思うが、この祭りで少しでも、その疲れた心が癒されているといいのだが。来年もまた祭りは開く予定だ。楽しみにしていてくれ」

セルタールおじさんはそれから少しだけお話をしました。お祭りを始める時の挨拶の半分くらいの時間で挨拶が終わりました。お兄ちゃん達が、今日の朝セルタールおじさんにリジーナさんが何回も、話は短くって注意してたもんねって、お話ししてたよ。僕はリジーナさんを見ます。リジーナさん、うんうんって頷いてました。

ステージから戻ってきたセルタールおじさんは、ダンゾーさんと何かお話ししてます。でもすぐに終わって、僕達にさぁ帰ろうって言いました。

「いいのか？」

パパが、セルタールおじさんに確認します。

「ああ、片付けは明日すればいいとギルドの者に言っておいた。街の皆も、今日は簡単に片付けをして、なんだかんだと、まだ街をフラフラするだろうからな、お前も行くだろう？」

「まぁ、なぁ」

パパがママを見ます。ママがあんまり調子に乗らないでねって言いました。パパはちょっとホッとした顔をして、抱っこしてた僕をママに渡します。それで行ってくるって言って、セルタールおじさんとどこかに歩いて行っちゃいました。またまたお兄ちゃん達はお話を始めます。

「僕のパパと、マイケルのパパ、お酒飲みに行ったんだね」

「いつもだね」

「明日はきっと、頭が痛いって、気持ち悪いって言って、ママに怒られるんだよ」

……パパ、あんまりいっぱいお酒飲んじゃダメだよ？


僕達はそのままセルタールおじさんの家に帰りました。街の中は片付けをしてる人もいたけど、ほとんどのお店が、カバーでお店を包んじゃってて、お片付けの途中って感じです。それから人がいっぱいいるお店が所々にありました。僕の顔よりも大きな木のコップで、グイグイ何かを飲んでます。もしかしてあの大きなコップでお酒を飲んでるのかな？

「いつものことだけれど、よく飲むわよね。あんな大きなジョッキで何杯も」

ママがお店を見ながらそう言います。

「そうよね。あんなに飲んで、それで明日は全然使い物にならなくって」

リジーナさんも少し呆れたように言いました。

「いつもの通り、明日の予定は変更した方がよさそうね」

リジーナさんがそう続けます。やっぱりお酒飲んでるんだ。パパ達もあの大きなコップでお酒飲んでるのかな？

＊＊＊＊＊＊＊

楽しかったお祭りが終わって二日が経ちました。僕達は昨日は一日中、ママ達と一緒に街で遊びました。本当は僕達は昨日家に帰るはずだったんだけど……パパ達はお祭りが終わった後、お酒を飲みに行ったでしょう？　そしたら次の日にとっても具合が悪くなっちゃったみたいです。頭が痛い、気持ち悪いって言って、ベッドで寝てました。

ママ達に、魔法を使って治すのはダメって言われたから、ずっとぐったりしてたよ。たくさん飲み過ぎたパパにお仕置きだって、ママが言ってました。ママもリジーナさんもとっても怒ってたよ。

「そんなに簡単に楽にはさせないわよ」

「ルリエットの言う通りです。私達は飲みすぎないように注意したはずよ」

それで僕達は家に帰れなくなって、もう一日セルタールおじさんのお家に泊まることになりました。僕達は元気だから、ママ達と一緒に街で遊んだんだ。チェルシーお姉ちゃんはお部屋でお休みしてました。ずっとみんなに見られてたからね。ゆっくりしたいって言っていました。

そして、今日、パパ達も元気になって、いよいよ、セルタールおじさんの家から出発することになりました。

セルタールおじさんの家族が、家の門の前で馬車に乗った僕達をお見送りしてくれます。

「それじゃあな、ラディス。これからは前みたいに、遊びに来いよ」

「ああ、そうだな。ジョーディも馬車に慣れてきたし、また来るよ。お前も遊びに来いよな」

パパ達がお別れのご挨拶を交わしています。

「マイケル、ジョーディ、バイバイ。またね！」

「また、いっぱい遊ぼうね！」

「うん！　バイバイ!!　ルーファス!!　リオン!!」

「ばば!!　まちゃ！」

僕とお兄ちゃんも、ルーファスお兄さん、リオンお兄さんとバイバイします。

「それではまた」

「リジーナ、今度はゆっくりお茶しましょうね」

最後にママ達が挨拶をして、馬車の扉を閉じました。

馬車がガタンッと音を立てて走り始めます。窓からお顔を出してセルタールおじさんの家族にバイバイって手を振ります。

「はぁ、帰ったらまた仕事に追われる毎日か」

パパが溜息をつきながらそう言いました。

「私も森の見回りに行かないと」

「しかし、フローティーが普通の生活に戻っていてよかった。このまま何もない日々が続けばいいんだが」

「そうね。このままがいいわね」

パパとママは帰ったらすぐにお仕事なのかな？　僕もやることはいっぱいあります。帰ったらまず、チェルシーお姉ちゃんを、僕のお家の池に案内してあげようと思います。それで、池の中にはもうお魚さんがいるから、そのお魚さんと一緒に過ごすことになってもいいか確認をしないと。これはパパも確認しないといけないなって言ってました。

あっ、お兄ちゃんが釣ったスパークフィッシュは、スパークフィッシュだけを入れ物に入れて飼うことになりました。スパークフィッシュは、雷の魔法を使うお魚さんだから、他のお魚さんと一緒だと、そのお魚さんが雷でぐったりしちゃうんだって。だから、スパークフィッシュだけで飼わないといけません。

あとは、魚釣り大会で釣ったブラックミーを、料理人さんに渡して、美味しいご飯を作ってもらうのと、お祭りで当てたおもちゃでいっぱい遊ぶのと……ね、やることいっぱいでしょう？

お兄ちゃんも忙しいって言ってました。街でお友達にお土産を買ったから、それを渡しに行くんだって。僕はまだお友達いないから、ちょっとうらやましいです。そういえば僕、自分の住んでる街よりも、違う街の方でいっぱい遊んでる気がします。う〜ん、僕の友達になってくれる子は、僕の街にいるのかな？

セルタールおじさんの家を出発してから、僕はお祭りで買っておいた綿あめを食べたり、時々レスター達が乗ってる、後ろの馬車の方に乗って、チェルシーお姉ちゃんとお話ししたりして過ごしていました。

あとは、グッシーに少しだけ空を飛んでもらったりしながらどんどん進んで、僕達の街の壁が見えてきました。

壁の前に着いたら、いつもみたいに長い列ができていました。僕達が出発した日よりも、列が長くなってるような。それに、一列じゃなくて二列あったよ。

「人の流れはだいぶ元に戻ったな。この様子だと完全に元に戻るまでそうかからないだろう」

「ならやっぱり、森の見回りは早くやらないといけないわね。あの事件はひとまず落ち着いたけれど、それでもいつも通り、襲ってくる魔獣はいるものね。怪我人や死者がなるべく出ないように、最初のうちは毎日交代で見回りするのがいいかもしれないわね」

列に並びながらパパたちがそんな会話をしています。やっと僕達の番が来て、窓を開けて中を見てきた騎士さんが、パパに挨拶して中に入れてくれます。それからは寄り道はしないでそのまま僕達の家に直行しました。窓から外を見てたら、玄関にトレバーとベル、使用人さんとメイドさん達が並んでるのが見えました。

馬車が止まって、みんなで馬車から降ります。僕はいつも通り、一番最後に降ろしてもらいました。そして僕はベルに向かって歩いて行って、ベルのスカートに抱きつきます。

「まよねぇ！」

「お帰りなさいませ、ジョーディ様」

ベルがフワッと僕を抱っこしてくれます。そのままみんなでワイワイ家の中に入って、みんながゆっくりするお部屋に行きました。それからすぐにチェルシーお姉ちゃんを、トレバーとベルに紹介します。

新しい家族が増えたってみんなニコニコでした。僕も嬉しくて笑顔になります。

パパは笑いながら、明日はゆっくりするぞって言いました。でもトレバーに、書類の山が三つ程溜まっていますって言われて、しょんぼりしたお顔になっちゃいました。

お祭り、楽しかったなぁ。パパ、僕達の街でもお祭りやってくれないかな？　毎日はダメだけど、時々だったら、いいと思うんだけどな？　それでまたパパと金魚すくいがやりたいです。今度はママも、ベルも一緒にね。ね、お祭り、いいでしょう？

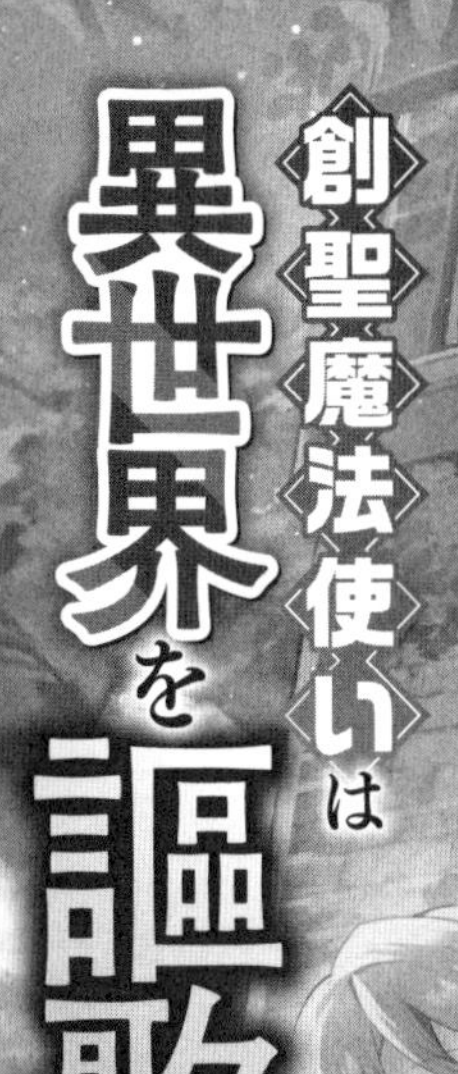

狙って追放された創聖魔法使いは異世界を謳歌する

•Author•
マーラッシュ

アルファポリス
第15回
ファンタジー小説大賞
爽快バトル賞
受賞作!!

我がまま勇者にはうんざりだ!!

わざと追放されてやる!

万能の創聖魔法を覚えた
「元勇者パーティー最弱」の世直し旅!

迷宮攻略の途中で勇者パーティーの仲間達に見捨てられたリックは死の間際、謎の空間で女神に前世の記憶と、万能の転生特典「創聖魔法」を授けられる。なんとか窮地を脱した後、一度はパーティーに戻るも、自分を冷遇する周囲に飽き飽きした彼は、わざと追放されることを決意。そうして自由を手にし、存分に異世界生活を満喫するはずが——訳アリ少女との出会いや悪徳商人との対決など、第二の人生もトラブル続き!?　世話焼き追放者が繰り広げる爽快世直しファンタジー!

◉定価：1320円（10%税込）　ISBN 978-4-434-31745-3　◉illustration：匈歌ハトリ

作業厨から始まる異世界転生
Sagyochu kara hajimaru isekai tensei
～レベル上げ？それなら三百年程やりました～
不死身の半神なので、目標Lv.10,000も300年あれば余裕です！
yu-ki
ゆーき
作業厨、異世界でもレベル上げを極める!?
『作業厨』。それは、常人では理解できない膨大な時間をかけて、レベル上げや、装備の制作を行う人間のことを指す――ゲーム配信者界隈で『作業厨』と呼ばれていた、中山祐輔。突然の死を迎えた彼が転生先として選んだ種族は、不老不死の半神。無限の時間とレインという新たな名を得た彼は、とりあえずレベルを10000まで上げてみることに。シルバーウルフの親子や剣術が好きすぎて剣そのものになったダンジョンマスターなど、個性豊かな仲間たちと出会いつつ、やっと目標を達成した時には、なんと三百年も経っていたのだった！

アンデッドに転生したので日陰から異世界を攻略します

Fukami Sei
深海 生

不死者だけど
楽しい異世界ライフを
送っていいですか？

社畜サラリーマン、転生したらゾンビになっちゃった!?

過労死からの不死議な冒険!?

社畜サラリーマン・影山人志（ジン）。過労が祟って倒れてしまった彼は、謎の声【チュートリアル】の導きに従って、異世界に転生する。目覚めると、そこは棺の中。なんと彼は、ゾンビに生まれ変わっていたのだ！　魔物の身では人間に敵視されてしまう。そう考えたジンは、（日が当たらない）理想の生活の場を求め、深き樹海へと旅立つ。だが、そこには恐るべき不死者の軍団が待ち受けていた！

●各定価：1320円（10%税込）　●ISBN 978-4-434-31741-5　●illustration：木々 ゆうき

趣味を極めて自由に生きろ! 1~3

ただし、神々は愛し子に異世界改革をお望みです

紫南 Shinan

趣味にしては凝り性すぎるモノ作りで異世界ライフを楽しもう!


魔法が衰退し、魔導具の補助なしでは扱えない世界。公爵家の第二夫人の子——美少年フィルズは、モノ作りを楽しむ日々を送っていた。

前世での彼の趣味は、パズルやプラモデル、プログラミング。今世もその工作趣味を生かして、自作魔導具をコツコツ発明! 公爵家内では冷遇され続けるもまったく気にせず、凄腕冒険者として稼ぎながら、自分の趣味を充実させていく。

そんな中、神々に呼び出された彼は、地球の知識を異世界に広めるというちょっとめんどくさい使命を与えられ——?

魔法を使った電波時計! イースト菌からパン作り! 凝り性少年フィルズが、趣味を極めて異世界を改革する!

◉各定価:1320円(10%税込) ◉Illustration:星らすく

1~3巻好評発売中!

詰み状態から大逆転!!

レベルシステムを超えた
新感覚の超成長ファンタジー、開幕！

神様のはからいにより異世界へ転移することになった普通のサラリーマン、倉野敦。新たな世界で楽しいスローライフを送れる！　とウキウキで転移してきたものの、倉野は大変なことに気付いてしまう。異世界の人間だったら誰でも持っている「レベル」が、なぜか彼には存在しなかったのだ。いくら魔物を倒しても経験値が入らないため一生強くなれない……絶望しかけた倉野だったが、へこたれずに冒険者として依頼をこなし、コツコツ人助けをしていくことに。すると、彼に秘められた謎の力が次第に開花していき——!?

◎各定価：1320円（10%税込）　◎illustration：しの

転生したから思いっきり
モノ作りしたいしたい!
著 ももがぶ
1・2
魔改造した魔法陣で
やりたい放題モノ作り!
気付いたら異世界転生していた俺、ケイン。楽しい家族と仲良く暮らしてたんだけどある日、自分に魔法の才能があるって気付いたんだ。この力を活かしたら、前世で大好きだったモノ作りがやりたい放題できちゃうかも!? ってことで、工房経営のドワーフ・ガンツさんと一緒に気の向くままに発明しまくってたところ、色んな困り事の相談が舞い込んできた。エルフのお姉さんのオシャレを手伝ったり、暑がりドワーフを助けたり、貴族様の初恋をサポートしたり!? なんでもできちゃう俺の発明で、異世界中を幸せにしちゃえ〜!
●各定価:1320円(10%税込) ●Illustration:riritto
転生したから思いっきり
モノ作りしたいしたい!
著 ももがぶ
2
カメの甲羅の上にある、へんてこ島を大冒険!
手作り飛行機で
空島旅行!

この作品に対する皆様のご意見・ご感想をお待ちしております。

おハガキ・お手紙は以下の宛先にお送りください。

【宛先】

〒150-6008 東京都渋谷区恵比寿4-20-3 恵比寿ｶﾞｰﾃﾞﾝﾌﾟﾚｲｽﾀﾜｰ 8F
（株）アルファポリス　書籍感想係

メールフォームでのご意見・ご感想は右のＱＲコードから、
あるいは以下のワードで検索をかけてください。

ご感想はこちらから

本書はWebサイト「アルファポリス」(https://www.alphapolis.co.jp/)に投稿されたものを、
改題、改稿、加筆のうえ、書籍化したものです。

もふもふが溢れる異世界で幸せ加護持ち生活！ 5

ありぽん

2023年　4月　30日初版発行

編集－高橋涼・矢澤達也・芦田尚
編集長－太田鉄平
発行者－梶本雄介
発行所－株式会社アルファポリス
〒150-6008 東京都渋谷区恵比寿4-20-3 恵比寿ｶﾞｰﾃﾞﾝﾌﾟﾚｲｽﾀﾜｰ8F
TEL 03-6277-1601（営業）　03-6277-1602（編集）
URL https://www.alphapolis.co.jp/
発売元－株式会社星雲社（共同出版社・流通責任出版社）
〒112-0005 東京都文京区水道1-3-30
TEL 03-3868-3275
装丁・本文イラスト－高瀬コウ
装丁デザイン－AFTERGLOW
印刷－図書印刷株式会社

価格はカバーに表示されてあります。

落丁乱丁の場合はアルファポリスまでご連絡ください。

送料は小社負担でお取り替えします。


ISBN978-4-434-31923-5 C0093